8754

TEXTES FRANÇAIS CLASS

General Editor: Professor R. Nik

Hon. D. de l'U.

D1339857

SELECTED SHORT STORIES

8754

Guy de Maupassant

SELECTED
SHORT STORIES

Edited with an Introduction by
J. H. MATTHEWS, B.A., D. de l'U. (Montpellier),
D. Litt.

Professor of French, Department of Romance Languages,
Syracuse University

Hodder & Stoughton
LONDON SYDNEY AUCKLAND

First published in this edition 1959
Nineteenth impression 1992
Introduction and Notes copyright © **1959 J. H. Matthews**

Printed in Great Britain for
Hodder and Stoughton Educational,
a division of Hodder and Stoughton Ltd,
Mill Road, Dunton Green, Sevenoaks, Kent,
by Athenaeum Press Ltd,
Newcastle upon Tyne.

ISBN 0 340 07829 4

FOREWORD

This volume is one of a series of French texts, comprehensive in scope and catholic in taste, with subject matter ranging from the seventeenth to the twentieth century. The series is designed to meet the needs of pupils in the sixth forms of secondary schools and also of university students reading for General or Honours degrees in French.

Editors have been invited to determine, in the light of their specialized knowledge, the right method of approach to their specific texts, and their diversity of treatment provides in itself a valuable introduction to critical method. In each case the editors have given their readers an accurate text, together with a synthesis of recent research and criticism in their chosen field of study, and a stimulating expression of personal opinion based upon their own examination of the work concerned. The introductions, therefore, are not only filled with information but are highly individual and have a vitality that should arouse the enthusiasm of the student and quicken his interest in the text.

If it be true, as Sainte-Beuve has stated, that the first duty of the critic is to learn how to read, and the second to teach others how to read, these texts should fulfil their proper function; and it is to be hoped that through their novel approach to the critical study of literature, coupled with the accurate presentation of the necessary background information, a fuller understanding of some of the great works of French literature will be achieved.

Notes have been reduced to the minimum needed for the elucidation of the text; wherever necessary, chronologies of the life and works of the authors examined are included for purposes of reference; and short bibliographies are appended as a guide to further study.

R. NIKLAUS

CONTENTS

INTRODUCTION

1. Biographical Note

GUY DE MAUPASSANT was born on August 5th, 1850. He died on July 6th, 1893, after a literary career as brilliant as it was brief.

He grew up at Étretat, in Normandy. Léon Fontaine has described him as a child: 'hâle et robuste comme les enfants des pêcheurs avec lesquels on le confondait,' living on terms of real intimacy with country-people and fishermen alike.

At first Maupassant was educated at home, but eventually had to resign himself to more formal education at the Seminary of Yvetot. From there he transferred to the Collège Impérial in Rouen, where he obtained his *baccalauréat* in 1869. He began to study law, but his career was interrupted by the Franco-Prussian war. He served in the Army and was not demobilized until 1871 when, having to face the problem of finding suitable employment, he accepted a post obtained for him in the Ministère de la Marine.

Although he spent several years as a civil servant, Maupassant took no real interest in his duties. He longed for the country, and felt dissatisfied with Paris. In later life, he admitted to Princess Mathilde, 'Je suis un paysan et un vagabond, fait pour les côtes et les bois, non pour les rues.' He found consolation in boating and swimming, spending his weekends on the river, and even getting up early to spend an hour on the Seine before office hours. Rather than wait for the lock-gates at Mont-Marly to be opened, he would carry his skiff on his shoulder; for he was immensely strong, and proud of it, taking pleasure in reporting how, one day, a wrestler came up to him, holding out his hand and saying, 'Permettez-moi de serrer la main d'un confrère.'

Maupassant was not only an enthusiastic oarsman, but was also very fond of hunting. He returned year after year to the region around Goderville, where pleasure in hunting combined for him with an appreciation of the keen sensations to be experienced in nature. 'Je suis né,' he once wrote, 'avec tous les instincts et les sens de l'homme primitif tempérés par des raisonnements et des émotions de civilisé.' When out hunting, Maupassant's primitive instincts predominated, making him particularly responsive to nature: 'Oui, j'ai la sensation

9

nette et profonde de manger le monde avec mon regard et de digérer les couleurs comme on digère les viandes et les fruits.'

Meanwhile, if his duties at the ministry received little serious attention, Maupassant was not wasting his time. In July 1875 a letter to his mother describing the pleasures of swimming and boating ended on a serious note: 'Je travaille toujours à mes scènes de canotage dont je t'ai parlé, et je crois que je pourrai faire un petit livre assez amusant et vrai en choisissant les meilleures histoires de canotiers que je connais, en les augmentant, brodant, etc.' This letter dates from the year when, at twenty-five, Maupassant published his first story, *La Main d'Écorché*. He was already working hard at his writing, under the guidance of one of his mother's friends, Gustave Flaubert, who for seven years supervised his work and exerted a capital influence on the evolution of his conception of his art. In the meantime, close association with Flaubert enabled Maupassant to make the acquaintance of other important novelists of the day, like Alphonse Daudet, Edmond de Goncourt and Émile Zola. What is more, Flaubert helped him to place some articles with the newspaper *La République des Lettres*, at whose offices Maupassant met J.-K. Huysmans and Léon Hennique. These were two of the writers whom he was to meet at Zola's house, and with whom he collaborated in the collection of stories entitled *Les Soirées de Médàn*,[1] to which Maupassant contributed *Boule de Suif*.

Les Soirées de Médan appeared in 1880, when Maupassant was under thirty. *Boule de Suif* and the selection of stories he published shortly afterwards under the title *La Maison Tellier* established Maupassant as a literary figure. He became a regular contributor to *Le Gaulois*, and later to *Le Gil-Blas*, *Le Figaro* and *L'Echo de Paris*. He was at last able to resign from the Ministère de l'Instruction Publique, to which he had transferred, and soon became rich enough to indulge his taste for travel.

Almost before it had properly begun, however, Maupassant's literary career was over. While still young he had contracted syphilis, which aggravated certain constitutional weaknesses inherited from his mother. The moment finally came when he had to retire to a nursing home, where he died before his forty-third birthday, as though in fulfilment of his own prophesy: 'Je suis entré dans la vie comme un météore et j'en sortirai par un coup de foudre.'

[1] See René Dumesnil, *La Publication des Soirées de Médan* (Paris, Malfère, 1933), and L. Deffoux and E. Zavie, *Le Groupe de Médan* (Paris, Payot, 1920).

This outline of Maupassant's life is a necessary preliminary to an examination of his work; for his short stories record his experience and to some degree reflect his life-history. The link between his life and work is quite marked, as is demonstrated in the present selection of his stories. It was only natural that, knowing Normandy so well, Maupassant should have evoked the life of its people in so many remarkable stories, ranging from the cruel to the farcical. Of these *Le Gueux*, *Pierrot*, *En Mer* and *Toine* are representative examples, giving some indication of the variety of subject and treatment Maupassant's insight inspired. Similarly, *La Mère Sauvage* serves as a reminder of the impact the 1870 war made on its author. *La Mère Sauvage* is the thirteenth of nineteen tales centred around the Prussian invasion. This story conveys Maupassant's love for his native soil, 'une tendresse instinctive et presque sensuelle' (*La Patrie*), and is characteristic of his perpetual concern with unimportant, ordinary people, whose actions become significant only under the influence of circumstance. *A Cheval* is equally typical in this respect, for Hector de Gribelin belongs to a class from which many of Maupassant's heroes are drawn, the *petite bourgeoisie*, filling the lower ranks of the Civil Service. These are the people whose lives seemed to Maupassant to exemplify the ironies of fate, the wretched, almost senseless struggle for existence. It is through the history of such people as Hector that Maupassant was best able to suggest his views on life, the fundamental irony of which is brought out in *Voyage de Santé*.

Stories like *Un Bandit corse* are more rare in Maupassant, for he belonged to a literary generation which refused to seek relief from everyday reality through exoticism. The number of his stories in which the action takes place outside France is very small, although he knew Corsica, Italy, Sicily and Tunisia. And even when, as in *Un Bandit corse*, an exotic setting is used, it is not to give the author the excuse for colourful descriptions. For, wherever he places his characters, Maupassant remains primarily interested in how they behave, and in suggesting why they behave as they do.

Qui sait? is representative of stories bearing witness to strange tastes in Maupassant: a passion for the macabre and the supernatural, which had been noticed in his maternal grandfather and in his uncle, Flaubert's friend Alfred Le Poittevin. As a boy, Maupassant enjoyed playing games in which he terrified younger children. Later, several of his stories were to be concerned with defining fear: *L'Auberge* and the two tales entitled *La Peur*, for instance. As a young man in Paris, he took pleasure in hanging a severed hand (said to have been given him by Swinburne) near the fireplace in his lodgings, and had to be dissuaded from attaching it to the door-bell. His first published work, apparently inspired by his treasured possession, concerned the supernatural power of *La Main d'Écorché*. When, in 1886, the Belgian hypnotist Pickmann came to Paris, Maupassant showed the greatest interest in his gifts. At this time Maupassant was attending Charcot's lectures on hypnotism at the Salpêtrière and, if we are to believe Axel Munthe,[1] talked endlessly about the subject, and about mental disorders and insanity. Certainly the titles of some of his stories seem to suggest an obsessive interest in such matters: *Lui?*, *Fou?*, *Un Fou?*, *Qui sait?* 'D'où viennent,' Maupassant asks in *Le Horla* (1886), 'ces influences mystérieuses qui changent en découragement notre bonheur et notre confiance en détresse? On dirait que l'air, l'air invisible est plein d'inconnaissables Puissances, dont nous subissons les voisinages mystérieux.' In the same year, he wrote in *Un Fou?*, 'Tout est mystère. Nous ne communiquons avec les choses que par nos misérables sens, incomplets, infirmes, si faibles qu'ils ont à peine la puissance de constater ce qui nous entoure. Tout est mystère.' A considerable number of Maupassant's stories, of which *Qui sait?* is representative, are concerned with this mysterious side of human existence.

In *Magnétisme* (1882), Maupassant talks of 'ces conteurs dans le genre d'Edgar Poe, qui finissent par devenir fous à force de réfléchir à d'étranges cas de folie.' It is curious to note, in the light of this statement, that within three years of writing *Qui sait?* Maupassant was insane.

2. *Maupassant's Art*

It is no exaggeration to say that the supernatural was, for Maupassant, an urgent, pressing problem. In *Qui sait?* he tried to meet this problem as directly as possible. Consequently, this story offers a convenient point of departure for our examination of Maupassant's technique. In his stories of the supernatural, Maupassant shows a marked preference for the intimate confession, either in the form of a letter (*Lettre d'un Fou*), or in the form of a private diary, which he uses in *La Chevelure, Fou, Un Cas de Divorce*, the second version of *Le Horla*, and finally *Qui sait?* In these tales, abandoning the carefully non-committal tone of his early stories of the macabre, Maupassant precipitates

[1] See *The Story of San Michele*.

the reader into a world of madness, where the supernatural is the only law. The reason for such a mode of presentation is not difficult to trace. In such stories, the hero's adventures are so divorced from normal experience that the author is obliged to find a means of relating them convincingly to readers only too likely to be sceptical. Unable to assume in us a natural sympathy for the story, Maupassant uses the technique of the intimate confession as most suited to imposing his narrator's view of the world. We are invited to see things as the narrator does, to judge them as he does: we become possessed as he is. In other words, in *Qui sait?* Maupassant uses the technique best suited to the story he is writing. Technique, being dictated by subject matter, is inseparable from it; for, in Maupassant, subject and presentation are interdependent.

It is the interdependence of matter and manner which accounts for the variety of presentation in Maupassant's stories, which the present selection reflects. In some, like *Garçon, un bock!* and *Miss Harriet*, the narrative takes the form of a return to the past, to find an explanation for a fact or situation evoked in an introductory passage. Of such stories *La Mère Sauvage* is representative, showing as it does how Maupassant imposes, by this method, an appropriate impression of inevitability and urgency. The same story demonstrates Maupassant's use of a device also exemplified in *Un Bandit corse* and *L'Homme de Mars*, where Maupassant first presents a narrator who sets the scene. In this way, as stories like *Sur l'Eau* show, Maupassant is able not only to establish an air of authenticity but also to create a suitable atmosphere, preparing for the introduction of a second narrator, who will tell the tale. The value of this device in the light of Maupassant's conception of the impersonal rôle of the writer will emerge later. For the moment it is sufficient to note that this method contrasts with the familiar style of narration used in *Toine*, for instance, and to appreciate that *Toine* requires a different technique because it is a different kind of story. Here, the relaxed manner in which the story is told, with its mingled benevolence and mockery, plays an important part in inducing in the reader a suitable frame of mind to be amused at the hero's misfortunes.

Toine exemplifies an essential aspect of Maupassant's art: his skill in relating character to plot. The characters of Toine and of his wife make the joke all the more enormous, and yet all the more credible, and this is what is worth noting. Because they are as they are, the absurd situation develops according to an inverted logic which Maupassant carefully underlines by marking the stages of the change that comes over Toine.

At first, the incongruity of the function his wife wishes him to perform is so outrageous that he refuses. But, forced by necessity to accept, Toine soon experiences a change of attitude: 'il s'inquiétait de la couveuse jaune qui accomplissait dans le poulailler la même besogne que lui.' When he hears that three of the yellow hen's eggs are addled, 'Toine sentit battre son cœur. — Combien en aurait-il, lui ?' His question, 'Ce sera tantôt ?' posed with 'une angoisse de femme qui va devenir mère,' announces not only the image used to describe his wife withdrawing a chick from the bed, but his final 'tendresse de mère' for the last chick, which he would like to keep with him. Toine's emasculation is complete, and apparently irretrievable, since he is now committed to the task of incubating eggs. But this does not cause us much concern: we have enjoyed the story too much to consider its implications very closely.[1]

Toine is a light-hearted tale, but Maupassant is as careful to make its plot depend on character as he is in more serious stories like *Le Modèle* or *La Dot*. In this respect, *Toine* may well be compared with *Pierrot*, whose painful conclusion is inevitable because Madame Lefèvre's character is what it is. Without the part played by character, such stories would lack much of their force. *En Mer* proves this. We see Javel *cadet* lose an arm solely because his brother, being 'regardant à son bien,' refuses to cut the cable which would release him. Stories like *Voyage de Santé*, of course, illustrate this feature of Maupassant's art to a marked degree. They are pure comedies of character, developing quite often, as in the case of *Voyage de Santé* or *Le Parapluie*, out of the very first sentence. Even in *A Cheval* tragedy results partly from the hero's character. For nothing in Maupassant's work is gratuitous. Each element of the story is utilized so as to contribute to the success of the narrative, which would be correspondingly weaker without it. Maupassant's use of descriptive passages shows how true this is.

Maupassant places the action of his stories against backgrounds he knows well. Yet the evocation of environment never receives more attention than its rôle in the narrative warrants. In *Le Gueux* and *Pierrot*, for instance, background details have the function of helping us to understand what happens and why. They make us fully aware of the situation presented, and indicate the inevitability of its outcome. In

---

[1] See, however, Pierre Cogny's comment on *Toine* in his remarkable 'Maupassant, écrivain de son destin,' in *Les Écrivains célèbres: Guy de Maupassant* (Paris, Éditions d'Art Lucien Mazenod, 1957).

other cases, description has a more vital rôle, and consequently descriptive passages are more developed. Maupassant's use of description in *Amour* and *Un Bandit corse* illustrates its purely functional quality, and bears witness to the skilful variety of effect he is capable of deriving from it.

As in *Clair de Lune*, *Le Champ d'Oliviers* and *Menuet*, Maupassant employs description in *Amour* to impose on the reader a mood appropriate to the impression he wishes to convey. For this reason *Amour* deserves a brief analysis. In this story can be traced a carefully elaborated pattern of description, commencing with images which render the petrifying coldness of the night and culminating in the description of the dead birds in the early morning sunlight. Precise images like the one which shows the moon 'paralysée par la rigueur du ciel' highlight vague words like 'troublant, inquiétant, vagues rumeurs, un secret inconnaissable et dangereux' whose imprecision appears intentional. These words awaken responses in the reader, which make sure that he shares the narrator's emotion when the first bird is killed. So justifiably confident is Maupassant in the success of his method that he has no need to intrude at the end of the story to invoke our sympathy, for he has already, by means of the descriptions enriching his narrative, suggested the impression he wishes to convey.

Amour demonstrates how well Maupassant learned his lesson from Flaubert who claimed that, in his novel *Salammbô*, there is not a single isolated, gratuitous description: 'Toutes servent à mes personnages et ont une influence lointaine ou immédiate sur l'action.' In *Un Bandit corse*, too, description is of capital importance. Sainte-Lucie is a naturally timid man, of notable gentleness. Although Corsican, he feels no urge to avenge his father's murder in the traditional way, by vendetta, 'ce terrible préjugé corse qui force à venger toute injure sur la personne qui l'a faite, sur ses descendants et ses proches.' And yet, one day, as he himself says, *something* produces a change in him. What provokes in Sainte-Lucie a transformation so striking that he becomes the most terrible bandit of his day is his environment, which slowly modifies his character, without his understanding what is happening, and without his being able to resist. In a violent world, according to the determinist view of life to which Maupassant, like the naturalists, subscribed,[1] Sainte-Lucie inevitably becomes violent. Environment overcomes his

[1] See J. H. Matthews, 'Maupassant, écrivain naturaliste,' *Les Cahiers naturalistes*, No. 16, 1960.

resistance and makes him conform to the accepted pattern of behaviour. The psychological plausibility of *Un Bandit corse* depends on our understanding the rôle which environment plays in influencing—determining —Sainte-Lucie's conduct. The time-lapse between the murder and its revenge then appears not as an inconsistency but as a fact of dramatic significance, which might pass unnoticed, if Maupassant had not made us aware of the forces at work here, through his descriptions of the countryside in which his hero lives, and whose wild savagery is emphasized.

In *Un Bandit corse* description serves a dual purpose. In evoking the wildness of the countryside, Maupassant suggests how primitive its inhabitants are. In this way he prepares us for Sainte-Lucie's violence and cruelty, once his character has been modified by his environment. It is important to notice however that, although Maupassant offers this discreetly expressed explanation of his character's conduct—just as he does in *Le Bonheur* and *Une Vendetta*—he does not seek to offer any excuse for it. On the contrary, he refuses to comment. It is, of course, his refusal to comment which necessitates such an oblique approach as that used by Maupassant in *Un Bandit corse*. He is no more ready to explain the forces which influence Sainte-Lucie than he is to comment on the man's behaviour. This is because Flaubert had taught him that the writer must at all times remain impersonal, detached from his subject. Faithful to his master's teachings, Maupassant declared, 'Les faits et les personnages seuls doivent parler. Et le romancier n'a pas à con-*clure*, cela appartient au lecteur!'

Such a conception of the writer's function as restricted to presenting evidence from which the reader can draw his own conclusions raises problems of presentation which, as the present selection of his stories shows, Maupassant solved in various characteristic ways. One of these has been mentioned already. It concerns the use of the second narrator. This device permits the author a considerable measure of objectivity; the story is no longer the responsibility of the first narrator, the author, for he is merely reporting what someone else (the second narrator) has told him. This gives him a certain freedom in relation to the narrative. If he wishes, he can return, as in *La Mère Sauvage* and *L'Homme de Mars*, to make some appropriate remark when the second narrator has told his tale. Or, having entrusted the second narrator with the task of relating the incident, he can retire altogether without feeling obliged to make any comment on what he is reporting. He may even, as in *Un*

Bandit corse, express his own opinion as well as quote that of the second narrator, leaving the reader to pass a final judgement of his own.

In stories like *En Mer*, *Toine* and *A Cheval* where, in the absence of a second narrator, presentation is of necessity more direct, Maupassant employs a different technique, imposed by his constant desire to demonstrate character rather than explain or discuss it. He is content to show what people do, leaving us to infer character from behaviour, as we infer Toine's wife's maliciousness from her practice of upsetting the plank on which he and his friends play dominoes. And he reports what people say, without comment, but with such selective skill that we learn what sort of persons they are. A simple example is that of Toine's wife revealing her vindictiveness in the repeated warning, 'Espère, espère un brin; j'verrons c'qu'arrivera, j'verrons ben! Ça crèvera comme un sac à grain, ce gros bouffi!' *En Mer* and *A Cheval* show that Maupassant can make this device serve two purposes at once. When, in *En Mer*, his brother suggests that he should throw his putrefying arm into the sea, Javel *cadet* protests, 'Ah! mais non, ah! mais non. J'veux point. C'est à moi, pas vrai, pisque c'est mon bras.' His severed arm is as important to him as the trawl to his elder brother. He is in fact, as his words show, very like his brother: each is 'regardant à son bien.' For this reason, Javel *cadet*'s statement with which the story terminates—'Si le frère avait voulu couper le chalut, j'aurais encore mon bras, pour sûr'— throws light on both the brothers' psychology. But it does more than this. It permits Maupassant to end his tale without interposing himself between it and the reader. The last word is with the characters, and Maupassant leaves the story to make its own impact, without any superfluous comment on his part. A similar effect is obtained at the end of *A Cheval*, which closes with a statement by Madame de Gribelin: 'Que veux-tu, mon ami, ce n'est pas ma faute! . . .' She does not say whose fault it is, and neither, we note, does Maupassant. He has successfully avoided any judgement of his own. Once more, as in *En Voyage* (1882), in *La Parure* and in *Le Parapluie*, the narrative makes its final effect without any interference on the author's part.

A Cheval offers, in the presentation of the character of Madame Simon, an opportunity to examine another aspect of Maupassant's art reflecting his preoccupation with impersonality. Maupassant wishes to make it clear that Madame Simon is pretending to be hurt, but declines to tell us in so many words that this is the case. His intention here, as always, is to 'surprendre l'humanité sur le fait,' so there can be no question of reporting what Madame Simon is thinking. Instead, Maupassant employs a technique consisting of recording evidence which will allow us to infer her state of mind: he concentrates on significant details which betray character. It is thanks to these details, and to them only, that we comprehend Madame Simon's character. Using a device of the greatest precision and comprehension, Maupassant gives us to understand that this woman is sly, calculating and ready to exploit the situation, after Hector has knocked her down, and he suggests this solely through the external evidence he records, concentrating on the way she looks: 'La vieille écoutait, immobile, l'œil sournois.' At last she can take her revenge for the hard life she has led, and she does so with grim mockery: 'Elle se laissait examiner, tâter, palper, en les guettant d'un œil malin.'

The method Maupassant uses with such skill to suggest Madame Simon's character is sufficient proof of his determination and ability to remain detached, to confine himself to the rôle of observer. In *En Mer*, for example, Maupassant tells us what Javel *cadet* does when his arm is caught in the cable, and how he looks, but makes no attempt to render what the man feels and what he thinks. Similarly, in *Un Bandit corse*, instead of commenting on Sainte-Lucie's vendetta, Maupassant is content to relate what a witness would have seen, had one been present. His sole purpose is to convey as exact an impression as possible, to make *us* witnesses, so that we can pass our own judgement. When Sainte-Lucie warns his first victim's companion not to move, 'L'autre, le sachant jusque-là si timide, lui dit: "Tu n'oserais pas!" et il passa. Mais il tombait aussitôt la cuisse brisée par une balle.' The change of tense in the narration of this incident has the effect of making the reader watch as things happen, gives an air of immediacy of participation, just as it does in *A Cheval*: 'Le cheval d'Hector, dès qu'il eut dépassé l'Arc de Triomphe, fut saisi d'une ardeur nouvelle, et il filait à travers les rues, au grand trot ...' '*Voir*: tout est là, et *voir juste*,' Maupassant claimed. Having observed, he sets out to communicate his impressions with the utmost fidelity, in a style that is never wilfully complicated or elaborate.

For, just as in Maupassant's work subject matter and technique are interdependent, and plot and character closely related, so it is impossible to discuss his style as something separate from what it serves to convey. Flaubert taught Maupassant that originality of style lies in discovering some new aspect in the object before one's eyes. Style, for

Maupassant, consists in rendering this new aspect, precisely, yet briefly. He believed that whatever one wishes to say can be expressed by only one word, brought to life by only one verb, and qualified by only one adjective. His success in abiding by his maxim, 'Ne jamais se contenter de l'à peu près,' can be judged only when he sets out to apply his principles within the framework of a novel or short story. It is then that the greatest feature of Maupassant's style emerges as its simplicity. It is only too easy to underestimate his skill, for Maupassant is like a man who never raises his voice, never seems to be striving for what is beyond his reach. Yet close study reveals that the great strength of his style is its discretion, its strict subordination to the function it is to serve. Like everything else in Maupassant's work, it has its part to play, and is given no more importance than that part merits. This explains why the prime virtue of Maupassant's style at first seems to be its clarity. It is only when a page of one of his stories is subjected to close analysis, when an attempt is made to find alternatives or substitutes for the words he has chosen, that we appreciate that even more striking than its clarity is the precision of his style. There is no room for negligence, but no room for virtuosity either. Maupassant's art consists in using the right word in the right place: there are few writers who can claim to have done this so consistently as he.

3. *Maupassant's Philosophy of Life*

Maupassant preferred to be an observer, maintaining a detached attitude which would enable him to achieve the artistic perfection which was his goal. Rendering life with unemotional accuracy, he did not seek to generalize, but concentrated on small incidents and unimportant lives, presented with the minimum of explicit comment on the author's part. His stories convey a series of glimpses of life, viewed from varying angles, through which Maupassant wished to 'nous forcer à penser, à comprendre le sens profond et caché des événements.' The meaning which these stories permit us to perceive is, of course, the reflection of Maupassant's interpretation of life: his work embodies a philosophy, which we must understand if we are to define his originality as a writer.

Some of Maupassant's stories are gay, reminding us of a taste for jokes, especially practical jokes, which their author retained throughout his life. There is, though, in such stories as *Farce normande* and *La Farce*, a forced tone which seems to indicate that Maupassant was making an effort to be gay, just as he seemed to be making an effort to enjoy the physical exercises favoured during his youth. We sense behind the noisy joviality, the coarse remarks, the loud laugh, a certain disquiet, trying to hide behind a front of virility finding expression in sexual vigour on the one hand and the cruelty of some stories on the other. There is relatively little true gaiety in Maupassant's work. Stories like *En Famille* and *Voyage de Santé*, it is true, seem amusing, but theirs is a cruel amusement, with little indulgence. They translate the disillusionment of an author who hints, through the adventure he relates, at the underlying irony of life which affects us all, communicating a state of mind even better reflected in *A Cheval*. In *A Cheval* Maupassant makes excellent use of a technique he discusses in the Preface to his *Pierre et Jean*, and which consists simply of leading a group of characters from one period of their existence to the next. Concentrating on an incident which gives significance to his characters' lives, Maupassant indicates the effect of this incident, and through it suggests his views on life. So, in *A Cheval*, the plan is significantly symmetrical: the characters are taken from misery to the illusion of prosperity and back to misery, which the irony of fate has increased. At best, Maupassant implies, life can only be a vicious circle.

There *are* comic elements in this story, which become quite marked when Hector delivers his lecture on horses, rides with an exaggerated English style, and loses his hat. But irony soon modifies the tone of narration, as Hector is shown to be the victim of fate. From the moment when he says of his mount, 'il a reconnu son maître, il ne bougera plus maintenant,' the joke becomes a wry one, and the unfortunate accident is prepared. From this point the irony is more pronounced, and the comedy more painful. A bitter, disillusioned conclusion is reached, and it is here that the effectiveness of the author's technique becomes evident. When the story closes, the reader is left to imagine the next stage in the life of the characters. When he realizes that the accident must bring only more suffering to Hector's family, he is left to draw his own conclusions.

Of course, the impression such a story makes is implicit in the choice and presentation of the incident on which Maupassant concentrates. This is how he makes us think about life and suggests an interpretation of its meaning. *Le Gueux*, for instance, imposes the conviction that the world is an unhappy place where sympathy is denied us, as it is denied the poor animal in *L'Âne*. For, as *La Mère Sauvage* shows, guilty and innocent suffer alike. Mère Sauvage kills the Prussian soldiers billeted on her, in hopeless vengeance for her son's death, as though to demonstrate our inadequacy to react against life and the isolation of the individual in society. Maupassant's view is summed up in his first novel, *Une Vie*:

> Et il semblait à Jeanne que son âme s'élargissait, comprenait des choses invisibles; et ces petites lueurs éparses dans les champs lui donnèrent soudain la sensation de l'isolement de tous les êtres que tout désunit, que tout sépare, que tout entraîne loin de ce qu'ils aimeraient.
> Alors, d'une voix résignée, elle dit: 'Ça n'est pas toujours gai, la vie.'
> Le Baron soupira: 'Que veux-tu, fillette, nous n'y pouvons rien.'

The world, as *Un Bandit corse* proves, is a place of suffering where cruelty is inevitable. We are all victims of influences we are powerless to resist. Man is at the mercy of his environment (*Un Bandit corse*), of twists of fate (*A Cheval*), of accidents (*Toine, La Reine Hortense*). Life is symbolized at the end of *Pierrot* in the image of two dogs left at the bottom of a pit, where the stronger will eat the weaker. By his highly selective art, in which every element of the story is made to play its part, Maupassant, though denying himself personal comment, leaves us in no doubt regarding the conclusions we must draw. Indeed, he places the most disturbing confidence in the reader's complicity. It is as though it never occurs to him that we will not agree. What is more, if we do disagree, it can only be in conscious protest against what he tells us and the way he does so. As they stand, his stories make it impossible to infer any but the most pessimistic conclusions regarding life.

How are we to account for the pessimism which permeates Maupassant's work? It is true that a pessimistic approach to life was common to the group of writers with whom he was at first associated in preparing and publishing *Les Soirées de Médan*. The pessimism of the men Maupassant met at Zola's house—Alexis, Céard, Hennique, Huysmans—reflected the disillusion of the post-1870 war period. This was the 'même tendance philosophique' which Maupassant tells us united them. There can be no doubt that the tone of *Boule de Suif* owes much to the atmosphere in which Hennique's *L'Affaire du grand sept* and Céard's *La Saignée* were written. But Maupassant's work remained coloured by pessimism long after he had asserted his independence from the Médan group. His pessimism was more than the effect of a passing influence.

Maupassant's childhood was saddened by conflicting loyalties resulting from the separation of his parents. His father showed himself rarely and briefly, and Maupassant's affection centred on his mother whose nervous disorders were a constant source of concern. At an early age Maupassant found himself in agreement with the pessimistic philosophy of Schopenhauer, whom he calls, in *Auprès d'un Mort*, 'le plus grand saccageur de rêves qui ait passé sur la terre' ... 'Jouisseur désabusé, il a renversé les croyances, les espoirs, les poésies, les chimères, détruit les espérances, ravagé la confiance des âmes, tué l'amour, abattu le culte idéal de la femme, crevé les illusions des cœurs, accompli la plus gigantesque besogne de sceptique qui ait jamais été faite.' The knowledge that he was suffering from syphilis (at that time an incurable disease) and the premonition of insanity which, by 1889, had already placed his brother in an asylum, helped to deepen Maupassant's pessimism and make him, in Pol Neveux's phrase, 'le pessimiste le plus déterminé de la littérature française.' 'Tout m'est à peu près égal dans la vie, hommes, femmes, événements,' he wrote to Marie Bashkirtseff. This was the state of mind which led him to emphasize, in the prefatory note to his travel book *Au Soleil*, the impotence of human effort. For no progress is possible: this is the message of *A Cheval*.   Life, as *La Parure* shows, is effort wasted.

It is through such stories that the profundity of Maupassant's pessimism finds expression. He is no moralist, painting the baser aspects of human nature in the hope of improving mankind. His work never seems to suggest that men can ever be other than as he presents them. Consequently there is little urge to resist life, to react against its absurdity. One's only hope is to escape. And so, in *Au Soleil*, Maupassant calls travel 'une espèce de porte par où l'on sort de la réalité comme pour pénétrer dans une réalité inexplorée qui semble un rêve.' Unfortunately for him, travel did not bring the release he hoped for. 'C'est en voulant aller loin,' he remarked, 'qu'on comprend bien comme tout est proche et court et vide. — C'est en cherchant l'inconnu qu'on s'aperçoit bien comme tout est médiocre et vite fini. — C'est en parcourant la terre qu'on voit bien comme elle est petite et toujours pareille.' Not until the very end of his life, when suicide appeared to him as 'une porte ouverte pour la fuite le jour où, vraiment, on est trop las,' did Maupassant discover a means of release. In 1892, he attempted suicide, just before he entered the nursing home where he was to die insane.

4. *Maupassant's Originality*

For several reasons, Maupassant is a writer easy to misjudge. Expressing complete indifference to his work, he claimed he wrote merely for money. It was not surprising then that his contemporaries, jealous of his success, were only too ready to take him at his word when they saw him write with phenomenal rapidity and an apparent facility which seemed to justify the view that he produced short stories as an apple-tree produces apples. Consequently his work provoked hostility and criticism, focused very often, as might be expected, on its limited range. There is, of course, so much in life that Maupassant leaves out, and it does not require close examination of his work to show that, although he envisaged a series of stories devoted to 'les grandes misères des petites gens,' none of his tales concerns the working class.[1]

But when we accept that he preferred certain subjects to which he returned time and again, and which reflect the limits of his experience of life, we understand why Maupassant's best stories fall into a few well-defined categories. Being concerned above all to study character in relation to environment, he is most successful when his knowledge of the latter and his insight into the former are greatest.

It is important to appreciate that Maupassant's gift for presenting things precisely yet concisely, already noted, serves the needs of an uncompromisingly truthful picture of society as he knew it. The result is a characteristic atmosphere in Maupassant's work, whose originality a passage from the novel *Bel-Ami* helps us to explain. When a newly-married woman visits her in-laws in Normandy, she feels disappointed, although she knows in advance that they are country people. She asks herself, 'Comment les avait-elle donc rêvés, elle qui ne rêvait pas d'ordinaire?' 'Les avait-elle vus de loin plus poétiques?' she wonders: 'Non, mais plus littéraires peut-être, plus nobles, plus affectueux, plus décoratifs.' What distinguishes Maupassant's presentation of character and helps to give his stories their special atmosphere is his refusal to evoke *any* character in a 'literary,' 'decorative' manner. The distinctive air we note in his work results partly from his intention and ability to say with complete veracity what he knows about people he understands. And so we look in vain, for instance, for any judgement on the conduct

[1] A Marxist comment on this omission, and on Maupassant's work in general, will be found in Jean Varloot, 'Maupassant vivant,' in *La Pensée*, November-December 1954.

of the elder Javel, in *En Mer*. Judgement on the author's part would be superfluous. Javel wishes instinctively to preserve his trawl, even if to do so may cost his brother an arm. This, Maupassant tells us—and it is all he wants to tell us—is how Norman fishermen are. We have missed the point if we imagine that the younger brother would have behaved any differently. For in Maupassant's work life is stripped of its glamour: the author of *La Mère Sauvage* and *Le Père Milon* disdains to invoke feelings of patriotism when analysing his characters' motives. Maupassant's stories do not seek justification in an edifying moral, but in the psychological truth of their representation of mankind. This may well account for their renewed popularity in recent years.

In Maupassant's stories, as tales like *La Femme de Paul* demonstrate most forcefully, dramatic interest is always secondary to human interest. The theme is always, as in *Une Vie*, 'l'humble vérité.' The function of incident is merely to reveal what life is like, and what people are like. Meanwhile, the sort of incident chosen and the way in which it is presented permit us to identify another aspect of Maupassant's originality. It was he who defined originality as une manière spéciale de penser, de voir, de comprendre et de juger.' This definition, limited though it is, serves to remind us of the distinctive thread of pessimism running through Maupassant's work. At any moment, his stories teach us, the surface of life may crack, to uncover the fundamental irony, the emptiness of existence.

There are some writers who throw new light on human existence. Their distinction lies in their gift for making us see it in a new way, or for making us more keenly aware of life, so that our outlook is permanently marked by what they have shown us. Maupassant is one of these. His work conveys a feeling of anguish regarding existence, to which the twentieth-century reader is particularly sensitive. We find this state of mind translated in scores of stories where, as Maupassant admits, the characters are in a large measure the projection of their creator's own emotions. But, being one of the most deliberately reticent of French writers—it was typical of him that he refused to authorize the publication of his photograph—Maupassant believed that 'l'adresse consiste à ne pas laisser reconnaître ce *moi* par le lecteur sous tous les masques divers qui nous servent à le cacher.' It is this conception of the rôle of the artist which accounts for the impression of indifference Maupassant's work at first gives. Its air of coldness might seem to suggest comparison with Mérimée's. But Maupassant's true originality can be perceived only when we realize that indifference in his case is no more than a mask, serving, like irony in the story *Le Gueux*, to hide the author's feelings. So it is that Maupassant, the master of irony, is also its victim. Although 'on me pense sans aucun doute un des hommes les plus indifférents du monde,' he is, on the contrary, merely sceptical: 'parce que j'ai les yeux clairs.' — 'Et mes yeux disent à mon cœur: cache-toi, vieux, tu es grotesque, et il se cache.' Maupassant's mistrust of sentiment and emotion helps us to place his technical mastery in its proper perspective. His rejection of gratuitous detail, his care to relate all the elements of his story and to make them contribute to the effect envisaged, indeed all that seems to indicate an attitude of detached indifference, in reality points to something quite different, should be regarded above all as a symptom of Maupassant's remarkable self-control. As such, it typifies his conviction that the search for beauty through artistic perfection is more important than the expression of personal sentiment.

It is when we try to imagine what Maupassant's stories would have been like had he permitted his emotions free rein in *Pierrot*, *A Cheval* or even *Amour*, that we realize that without their distinctive restraint these tales would be less compelling, less permanently disturbing. They would lack not only the dignity that makes them works of art, but that air of tension which is their most fundamentally yet most intangibly original quality.

SELECTED SHORT STORIES

Guy de Maupassant

UN BANDIT CORSE

Le chemin montait doucement au milieu de la forêt d'Aïtône. Les sapins démesurés élargissaient sur nos têtes une voûte gémissante, poussaient une sorte de plainte continue et triste, tandis qu'à droite comme à gauche, leurs troncs minces et droits faisaient une sorte d'armée de tuyaux d'orgue d'où semblait sortir cette musique monotone du vent dans les cimes.

Au bout de trois heures de marche, la foule de ces longs fûts emmêlés s'éclaircit; de place en place, un pin-parasol gigantesque, séparé des autres, ouvert comme une ombrelle énorme, étalait son dôme d'un vert sombre; puis soudain nous atteignîmes la limite de la forêt, quelque cent mètres au-dessous du défilé qui conduit dans la sauvage vallée du Niolo.

Sur les deux sommets élancés qui dominent ce passage, quelques vieux arbres difformes semblent avoir monté péniblement, comme des éclaireurs partis devant la multitude tassée derrière. Nous étant retournés nous aperçûmes toute la forêt, étendue sous nous, pareille à une immense cuvette de verdure dont les bords, qui semblaient toucher au ciel, étaient faits de rochers nus l'enfermant de toutes parts.

On se remit en route, et dix minutes plus tard nous atteignîmes le défilé.

Alors j'aperçus un surprenant pays. Au delà d'une autre forêt, une vallée, mais une vallée comme je n'en avais jamais vu, une solitude de pierre longue de dix lieues, creusée entre des montagnes hautes de deux mille mètres et sans un champ, sans un arbre visible. C'est le Niolo, la patrie de la liberté corse, la citadelle inaccessible d'où jamais les envahisseurs n'ont pu chasser les montagnards.

Mon compagnon me dit: "C'est aussi là que se sont réfugiés tous nos bandits."

Bientôt nous fûmes au fond de ce trou sauvage et d'une inimaginable beauté.

Pas une herbe, pas une plante: du granit, rien que du granit. A perte de vue devant nous, un désert de granit étincelant, chauffé comme un four par un furieux soleil qui semble exprès suspendu au-dessus de cette gorge de pierre. Quand on lève les yeux vers les crêtes, on s'arrête ébloui et stupéfait. Ellés paraissent rouges et dentelées comme des festons de corail, car tous les sommets sont en porphyre; et le ciel au-dessus semble violet, lilas, décoloré par le voisinage de ces étranges montagnes. Plus bas le granit est gris   40 scintillant, et sous nos pieds il semble râpé, broyé; nous marchons sur de la poudre luisante. A notre droite, dans une longue et tortueuse ornière, un torrent tumultueux gronde et court. Et on chancelle sous cette chaleur, dans cette lumière, dans cette vallée brûlante, aride, sauvage, coupée par ce ravin d'eau turbulente qui semble se hâter de fuir, impuissante à féconder ces rocs, perdue en cette fournaise qui la boit avidement sans en être jamais pénétrée et rafraîchie.

Mais soudain apparut à notre droite une petite croix de bois enfoncée dans un petit tas de pierres. Un homme avait été tué là,   50 et je dis à mon compagnon:

"Parlez-moi donc de vos bandits."

Il reprit:

— J'ai connu le plus célèbre, le plus terrible, Sainte-Lucie, je vais vous conter son histoire.

Son père avait été tué dans une querelle, par un jeune homme du même pays, disait-on; et Sainte-Lucie était resté seul avec sa sœur. C'était un garçon faible et timide, petit, souvent malade, sans énergie aucune. Il ne déclara pas la vendetta à l'assassin de son père. Tous ses parents le vinrent trouver, le supplièrent de se venger; il   60 restait sourd à leurs menaces et à leurs supplications.

Alors, suivant la vieille coutume corse, sa sœur indignée lui enleva ses vêtements noirs, afin qu'il ne portât pas le deuil d'un mort resté sans vengeance. Il resta même insensible à cet outrage, et, plutôt que de décrocher le fusil encore chargé du père, il s'enferma, ne sortit plus, n'osant pas braver les regards dédaigneux des garçons du pays.

Des mois se passèrent. Il semblait avoir oublié jusqu'au crime et il vivait avec sa sœur au fond de son logis.

Or, un jour, celui qu'on soupçonnait de l'assassinat se maria.   70 Sainte-Lucie ne sembla pas ému par cette nouvelle; mais voici que, pour le braver sans doute, le fiancé, se rendant à l'église, passa devant la maison des deux orphelins.

Le frère et la sœur, à leur fenêtre, mangeaient de petits gâteaux frits quand le jeune homme aperçut la noce qui défilait devant son logis. Tout à coup il se mit à trembler, se leva sans dire un mot, se signa, prit le fusil pendu sur l'âtre, et il sortit.

Quand il parlait de cela plus tard, il disait: "Je ne sais pas ce que j'ai eu: ç'a été comme une chaleur dans mon sang; j'ai bien senti qu'il le fallait; que malgré tout je ne pourrais pas résister, et j'ai 80 été cacher le fusil dans le maquis sur la route de Corte."

Une heure plus tard, il rentrait les mains vides, avec son air habituel, triste et fatigué. Sa sœur crut qu'il ne pensait plus à rien. Mais à la nuit tombante il disparut.

Son ennemi devait le soir même, avec ses deux garçons d'honneur, se rendre à pied à Corte.

Ils suivaient la route en chantant, quand Sainte-Lucie se dressa devant eux, et, regardant en face le meurtrier, il cria: "C'est le moment!" puis, à bout portant, il lui creva la poitrine.

Un des garçons d'honneur s'enfuit, l'autre regardait le jeune 90 homme en répétant: "Qu'est-ce que tu as fait, Sainte-Lucie?"

Puis il voulut courir à Corte pour chercher du secours. Mais Sainte-Lucie lui cria: "Si tu fais un pas de plus, je vais te casser la jambe." L'autre, le sachant jusque-là si timide, lui dit: "Tu n'oserais pas!" et il passa. Mais il tombait aussitôt la cuisse brisée par une balle.

Et Sainte-Lucie, s'approchant de lui, reprit: "Je vais regarder ta blessure; si elle n'est pas grave, je te laisserai là; si elle est mortelle, je t'achèverai."

Il considéra la plaie, la jugea mortelle, rechargea lentement son 100 fusil, invita le blessé à faire une prière, puis il lui brisa le crâne.

Le lendemain il était dans la montagne.

Et savez-vous ce qu'il a fait ensuite, ce Sainte-Lucie?

Toute sa famille fut arrêtée par les gendarmes. Son oncle le curé, qu'on soupçonnait de l'avoir incité à la vengeance, fut lui-même mis en prison et accusé par les parents du mort. Mais il s'échappa, prit un fusil à son tour et rejoignit son neveu dans le maquis.

Alors Sainte-Lucie tua, l'un après l'autre, les accusateurs de son oncle, et leur arracha les yeux pour apprendre aux autres à ne jamais affirmer ce qu'ils n'avaient pas vu de leurs yeux. 110

Il tua tous les parents, tous les alliés de la famille ennemie. Il massacra en sa vie quatorze gendarmes, incendia les maisons de ses adversaires et fut jusqu'à sa mort le plus terrible des bandits dont on ait gardé le souvenir.

Le soleil disparaissait derrière le Monte Cinto et la grande ombre du mont de granit se couchait sur le granit de la vallée. Nous hâtions le pas pour atteindre avant la nuit le petit village d'Albertacce, sorte de tas de pierres soudées aux flancs de pierre de la gorge sauvage. Et je dis, pensant au bandit: "Quelle terrible coutume que celle de votre vendetta!" 120

Mon compagnon reprit avec résignation: "Que voulez-vous? on fait son devoir!"

(*25 mai 1882*)

MENUET

A Paul Bourget

Les grands malheurs ne m'attristent guère, dit Jean Bridelle, un vieux garçon qui passait pour sceptique. J'ai vu la guerre de bien près : j'enjambais les corps sans apitoiement. Les fortes brutalités de la nature ou des hommes peuvent nous faire pousser des cris d'horreur ou d'indignation, mais ne nous donnent point ce pincement au cœur, ce frisson qui vous passe dans le dos à la vue de certaines petites choses navrantes.

La plus violente douleur qu'on puisse éprouver, certes, est la perte d'un enfant pour une mère, et la perte de la mère pour un homme. Cela est violent, terrible, cela bouleverse et déchire ; mais on guérit de ces catastrophes comme de larges blessures saignantes. Or, certaines rencontres, certaines choses entr'aperçues, devinées, certains chagrins secrets, certaines perfidies du sort, qui remuent en nous tout un monde douloureux de pensées, qui entr'ouvrent devant nous brusquement la porte mystérieuse des souffrances morales, compliquées, incurables, d'autant plus profondes qu'elles semblent bénignes, d'autant plus cuisantes qu'elles semblent presque insaisissables, d'autant plus tenaces qu'elles semblent factices, nous laissent à l'âme comme une traînée de tristesse, un goût d'amertume, une sensation de désenchantement dont nous sommes longtemps à nous débarrasser.

J'ai toujours devant les yeux deux ou trois choses que d'autres n'eussent point remarquées assurément, et qui sont entrées en moi comme de longues et minces piqûres inguérissables.

Vous ne comprendriez peut-être pas l'émotion qui m'est restée de ces rapides impressions. Je ne vous en dirai qu'une. Elle est très vieille, mais vive comme d'hier. Il se peut que mon imagination seule ait fait les frais de mon attendrissement.

J'ai cinquante ans. J'étais jeune alors et j'étudiais le droit. Un peu triste, un peu rêveur, imprégné d'une philosophie mélancolique, je n'aimais guère les cafés bruyants, les camarades braillards, ni les filles stupides. Je me levais tôt ; et une de mes plus chères voluptés était de me promener seul, vers huit heures du matin, dans la pépinière du Luxembourg.

Vous ne l'avez pas connue, vous autres cette pépinière ? C'était comme un jardin oublié de l'autre siècle, un jardin joli comme un doux sourire de vieille. Des haies touffues séparaient les allées étroites et régulières, allées calmes entre deux murs de feuillage   40
taillés avec méthode. Les grands ciseaux du jardinier alignaient sans relâche ces cloisons de branches; et, de place en place, on rencontrait des parterres de fleurs, des plates-bandes de petits arbres rangés comme des collégiens en promenade, des sociétés de rosiers magnifiques ou des régiments d'arbres à fruits.

Tout un coin de ce ravissant bosquet était habité par les abeilles. Leurs maisons de paille, savamment espacées sur des planches, ouvraient au soleil leurs portes grandes comme l'entrée d'un dé à coudre; et on rencontrait tout le long des chemins les mouches bourdonnantes et dorées, vraies maîtresses de ce lieu pacifique,   50
vraies promeneuses de ces tranquilles allées en corridors.

Je venais là presque tous les matins. Je m'asseyais sur un banc et je lisais. Parfois je laissais retomber le livre sur mes genoux pour rêver, pour écouter autour de moi vivre Paris, et jouir du repos infini de ces charmilles à la mode ancienne.

Mais je m'aperçus bientôt que je n'étais pas seul à fréquenter ce lieu dès l'ouverture des barrières, et je rencontrais parfois, nez à nez, au coin d'un massif, un étrange petit vieillard.

Il portait des souliers à boucles d'argent, une culotte à pont, une redingote tabac d'Espagne, une dentelle en guise de cravate et un   60
invraisemblable chapeau gris à grands bords et à grands poils, qui faisait penser au déluge.

Il était maigre, fort maigre, anguleux, grimaçant et souriant. Ses yeux vifs palpitaient, s'agitaient sous un mouvement continu des paupières; et il avait toujours à la main une superbe canne à pommeau d'or qui devait être pour lui quelque souvenir magnifique.

Ce bonhomme m'étonna d'abord, puis m'intéressa outre mesure. Et je le guettais à travers les murs de feuilles, je le suivais de loin, m'arrêtant au détour des bosquets pour n'être point vu.

Et voilà qu'un matin, comme il se croyait bien seul, il se mit à   70
faire des mouvements singuliers: quelques petits bonds d'abord, puis une révérence; puis il battit, de sa jambe grêle, un entrechat encore alerte, puis il commença à pivoter galamment, sautillant, se trémoussant d'une façon drôle, souriant comme devant un public, faisant des grâces, arrondissant les bras, tortillant son pauvre corps

de marionnette, adressant dans le vide de légers saluts attendrissants et ridicules. Il dansait!

Je demeurais pétrifié d'étonnement, me demandant lequel des deux était fou, lui, ou moi.

Mais il s'arrêta soudain, s'avança comme font les acteurs sur la 80 scène, puis s'inclina en reculant avec des sourires gracieux et des baisers de comédienne qu'il jetait de sa main tremblante aux deux rangées d'arbres taillés.

Et il reprit avec gravité sa promenade.

A partir de ce jour, je ne le perdis plus de vue; et, chaque matin, il recommençait son exercice invraisemblable.

Une envie folle me prit de lui parler. Je me risquai, et, l'ayant salué, je lui dis:

"Il fait bien bon aujourd'hui, Monsieur."

Il s'inclina. 90

"Oui, Monsieur, c'est un vrai temps de jadis."

Huit jours après, nous étions amis, et je connus son histoire. Il avait été maître de danse à l'Opéra, du temps du roi Louis XV. Sa belle canne était un cadeau du comte de Clermont. Et, quand on lui parlait de danse, il ne s'arrêtait plus de bavarder.

Or, voilà qu'un jour il me confia:

"J'ai épousé la Castris, Monsieur. Je vous présenterai si vous voulez, mais elle ne vient ici que sur le tantôt. Ce jardin, voyez-vous, c'est notre plaisir et notre vie. C'est tout ce qui nous reste d'autrefois. Il nous semble que nous ne pourrions plus exister si nous ne 100 l'avions point. Cela est vieux et distingué, n'est-ce pas? Je crois y respirer un air qui n'a point changé depuis ma jeunesse. Ma femme et moi, nous y passons toutes nos après-midi. Mais, moi, j'y viens dès le matin, car je me lève de bonne heure."

Dès que j'eus fini de déjeuner, je retournai au Luxembourg, et bientôt j'aperçus mon ami qui donnait le bras avec cérémonie à une toute vieille petite femme vêtue de noir, et à qui je fus présenté. C'était la Castris, la grande danseuse aimée des princes, aimée du roi, aimée de tout ce siècle galant qui semble avoir laissé dans le monde une odeur d'amour. 110

Nous nous assîmes sur un banc de pierre. C'était au mois de mai.

Un parfum de fleurs voltigeait dans les allées proprettes; un bon soleil glissait entre les feuilles et semait sur nous de larges gouttes de lumière. La robe noire de la Castris semblait toute mouillée de clarté.

Le jardin était vide. On entendait au loin rouler des fiacres.

"Expliquez-moi donc, dis-je au vieux danseur, ce que c'était que le menuet?"

Il tressaillit.

"Le menuet, Monsieur, c'est la reine des danses et la danse des 120 Reines, entendez-vous? Depuis qu'il n'y a plus de Rois, il n'y a plus de menuet."

Et il commença, en style pompeux, un long éloge dithyrambique auquel je ne compris rien. Je voulus me faire décrire les pas, tous les mouvements, les poses. Il s'embrouillait, s'exaspérant de son impuissance, nerveux et désolé.

Et soudain, se tournant vers son antique compagne, toujours silencieuse et grave:

"Élise, veux-tu, dis, veux-tu, tu seras bien gentille, veux-tu que nous montrions à Monsieur ce que c'était?" 130

Elle tourna ses yeux inquiets de tous les côtés, puis se leva sans dire un mot et vint se placer en face de lui.

Alors je vis une chose inoubliable.

Ils allaient et venaient avec des simagrées enfantines, se souriaient, se balançaient, s'inclinaient, sautillaient pareils à deux vieilles poupées qu'aurait fait danser une mécanique ancienne, un peu brisée, construite jadis par un ouvrier fort habile, suivant la manière de son temps.

Et je les regardais, le cœur troublé de sensations extraordinaires, l'âme émue d'une indicible mélancolie. Il me semblait voir une 140 apparition lamentable et comique, l'ombre démodée d'un siècle. J'avais envie de rire et besoin de pleurer.

Tout à coup ils s'arrêtèrent, ils avaient terminé les figures de la danse. Pendant quelques secondes ils restèrent debout l'un devant l'autre, grimaçant d'une façon surprenante; puis ils s'embrassèrent en sanglotant.

Je partais, trois jours après, pour la province. Je ne les ai point revus. Quand je revins à Paris, deux ans plus tard, on avait détruit la pépinière. Que sont-ils devenus sans le cher jardin d'autrefois, avec ses jardins en labyrinthe, son odeur du passé et les détours 150 gracieux des charmilles ?

Sont-ils morts ? Errent-ils par les rues modernes comme des exilés sans espoir ? Dansent-ils, spectres falots, un menuet fantastique entre les cyprès d'un cimetière le long des sentiers bordés de tombes, au clair de lune ?

Leur souvenir me hante, m'obsède, me torture, demeure en moi comme une blessure. Pourquoi ? Je n'en sais rien.

Vous trouverez cela ridicule, sans doute ?

(20 novembre 1882)

PIERROT

A Henri Roujon

Madame Lefèvre était une dame de campagne, une veuve, une de ces demi-paysannes à rubans et à chapeaux falbalas, de ces personnes qui parlent avec des cuirs, prennent en public des airs grandioses, et cachent une âme de brute prétentieuse sous des dehors comiques et chamarrés, comme elles dissimulent leurs grosses mains rouges sous des gants de soie écrue.

Elle avait pour servante une brave campagnarde toute simple, nommée Rose.

Les deux femmes habitaient une petite maison à volets verts, le long d'une route, en Normandie, au centre du pays de Caux.

Comme elles possédaient, devant l'habitation, un étroit jardin, elles cultivaient quelques légumes.

Or, une nuit, on lui vola une douzaine d'oignons.

Dès que Rose s'aperçut du larcin, elle courut prévenir Madame, qui descendit en jupe de laine. Ce fut une désolation et une terreur. On avait volé, volé Madame Lefèvre! Donc, on volait dans le pays, puis on pouvait revenir.

Et les deux femmes effarées contemplaient les traces de pas, bavardaient, supposaient des choses: "Tenez, ils ont passé par là. Ils ont mis leurs pieds sur le mur; ils ont sauté dans la plate-bande."

Et elles s'épouvantaient pour l'avenir. Comment dormir tranquilles maintenant!

Le bruit du vol se répandit. Les voisins arrivèrent, constatèrent, discutèrent à leur tour; et les deux femmes expliquaient à chaque nouveau venu leurs observations et leurs idées.

Un fermier d'à côté leur offrit ce conseil: "Vous devriez avoir un chien."

C'était vrai, cela; elles devraient avoir un chien, quand ce ne serait que pour donner l'éveil. Pas un gros chien, Seigneur! Que feraient-elles d'un gros chien! Il les ruinerait en nourriture. Mais un petit chien (en Normandie, on prononce *quin*), un petit freluquet de *quin* qui jappe.

Dès que tout le monde fut parti, Madame Lefèvre discuta longtemps cette idée de chien. Elle faisait, après réflexion, mille objections, terrifiée par l'image d'une jatte pleine de pâtée; car elle était de cette race parcimonieuse de dames campagnardes qui portent toujours des centimes dans leur poche pour faire l'aumône ostensiblement aux pauvres des chemins, et donner aux quêtes du dimanche. 40

Rose, qui aimait les bêtes, apporta ses raisons et les défendit avec astuce. Donc il fut décidé qu'on aurait un chien, un tout petit chien.

On se mit à sa recherche, mais on n'en trouvait que des grands, des avaleurs de soupe à faire frémir. L'épicier de Rolleville en avait bien un, un tout petit; mais il exigeait qu'on le lui payât deux francs, pour couvrir ses frais d'élevage. Madame Lefèvre déclara qu'elle voulait bien nourrir un "quin", mais qu'elle n'en achèterait pas.

Or, le boulanger, qui savait les événements, apporta, un matin, 50 dans sa voiture, un étrange petit animal tout jaune, presque sans pattes, avec un corps de crocodile, une tête de renard et une queue en trompette, un vrai panache, grand comme tout le reste de sa personne. Un client cherchait à s'en défaire. Madame Lefèvre trouva fort beau ce roquet immonde, qui ne coûtait rien. Rose l'embrassa, puis demanda comment on le nommait. Le boulanger répondit: "Pierrot."

Il fut installé dans une vieille caisse à savon et on lui offrit d'abord de l'eau à boire. Il but. On lui présenta ensuite un morceau de pain. Il mangea. Madame Lefèvre, inquiète, eut une idée: 60 "Quand il sera bien accoutumé à la maison, on le laissera libre. Il trouvera à manger en rôdant par le pays."

On le laissa libre, en effet, ce qui ne l'empêcha point d'être affamé. Il ne jappait d'ailleurs que pour réclamer sa pitance; mais, dans ce cas, il jappait avec acharnement.

Tout le monde pouvait entrer dans le jardin. Pierrot allait caresser chaque nouveau venu, et demeurait absolument muet.

Madame Lefèvre cependant s'était accoutumée à cette bête. Elle en arrivait même à l'aimer, et à lui donner de sa main, de temps en temps, des bouchées de pain trempées dans la sauce de son fricot. 70

Mais elle n'avait nullement songé à l'impôt, et quand on lui réclama huit francs — huit francs, Madame! — pour ce freluquet de *quin* qui ne jappait seulement point, elle faillit s'évanouir de saisissement.

Il fut immédiatement décidé qu'on se débarrasserait de Pierrot.

Personne n'en voulut. Tous les habitants le refusèrent à dix lieues aux environs. Alors on se résolut, faute d'autre moyen, à lui faire "piquer du mas."

"Piquer du mas", c'est "manger de la marne". On fait piquer du mas à tous les chiens dont on veut se débarrasser. 80

Au milieu d'une vaste plaine, on aperçoit une espèce de hutte, ou plutôt un tout petit toit de chaume, posé sur le sol. C'est l'entrée de la marnière. Un grand puits tout droit s'enfonce jusqu'à vingt mètres sous terre, pour aboutir à une série de longues galeries de mines.

On descend une fois par an dans cette carrière, à l'époque où l'on marne les terres. Tout le reste du temps, elle sert de cimetière aux chiens condamnés; et souvent, quand on passe auprès de l'orifice, des hurlements plaintifs, des aboiements furieux ou désespérés, des appels lamentables montent jusqu'à vous. 90

Les chiens des chasseurs et des bergers s'enfuient avec épouvante des abords de ce trou gémissant; et, quand on se penche au-dessus, il sort de là une abominable odeur de pourriture.

Des drames affreux s'y accomplissent dans l'ombre.

Quand une bête agonise depuis dix à douze jours dans le fond, nourrie par les restes immondes de ses devanciers, un nouvel animal, plus gros, plus vigoureux certainement, est précipité tout à coup. Ils sont là, seuls, affamés, les yeux luisants. Ils se guettent, se suivent, hésitent, anxieux. Mais la faim les presse: ils s'attaquent, luttent longtemps, acharnés; et le plus fort mange le plus faible, le 100 dévore vivant.

Quand il fut décidé qu'on ferait "piquer du mas" à Pierrot, on s'enquit d'un exécuteur. Le cantonnier qui binait route la demanda dix sous pour la course. Cela parut follement exagéré à Madame Lefèvre. Le goujat du voisin se contentait de cinq sous; c'était trop encore; et, Rose ayant fait observer qu'il valait mieux qu'elles le portassent elles-mêmes, parce qu'ainsi il ne serait pas brutalisé en route et averti de son sort, il fut résolu qu'elles iraient toutes les deux à la nuit tombante.

On lui offrit, ce soir-là, une bonne soupe avec un doigt de 110 beurre. Il l'avala jusqu'a la dernière goutte; et, comme il remuait la queue de contentement, Rose le prit dans son tablier.

Elles allaient à grands pas, comme des maraudeuses, à travers la plaine. Bientôt elles aperçurent la marnière et l'atteignirent;

Madame Lefèvre se pencha pour écouter si aucune bête ne gémissait. — Non — il n'y en avait pas; Pierrot serait seul. Alors Rose qui pleurait, l'embrassa, puis le lança dans le trou; et elles se penchèrent toutes deux, l'oreille tendue.

Elles entendirent d'abord un bruit sourd; puis la plainte aiguë, déchirante, d'une bête blessée, puis une succession de petits cris de 120 douleur, puis des appels désespérés, des supplications de chien qui implorait, la tête levée vers l'ouverture.

Il jappait, oh! il jappait!

Elles furent saisies de remords, d'épouvante, d'une peur folle et inexplicable; et elles se sauvèrent en courant. Et, comme Rose allait plus vite, Madame Lefèvre criait: "Attendez-moi, Rose, attendez-moi!"

Leur nuit fut hantée de cauchemars épouvantables.

Madame Lefèvre rêva qu'elle s'asseyait à table pour manger la soupe, mais, quand elle découvrait la soupière, Pierrot était dedans. 130 Il s'élançait et la mordait au nez.

Elle se réveilla et crut l'entendre japper encore. Elle écouta; elle s'était trompée.

Elle s'endormit de nouveau et se trouva sur une grande route, une route interminable, qu'elle suivait. Tout à coup, au milieu du chemin, elle aperçut un panier, un grand panier de fermier, abandonné; et ce panier lui faisait peur.

Elle finissait cependant par l'ouvrir, et Pierrot, blotti dedans, lui saisissait la main, ne la lâchait plus; et elle se sauvait éperdue, portant ainsi au bout du bras le chien suspendu, la gueule serrée. 140

Au petit jour, elle se leva, presque folle, et courut à la marnière.

Il jappait; il jappait encore, il avait jappé toute la nuit. Elle se mit à sangloter et l'appela avec mille petits noms caressants. Il répondit avec toutes les inflexions tendres de sa voix de chien.

Alors elle voulut le revoir, se promettant de le rendre heureux jusqu'à sa mort.

Elle courut chez le puisatier chargé de l'extraction de la marne, et elle lui raconta son cas. L'homme écoutait sans rien dire. Quand elle eut fini, il prononça: "Vous voulez votre quin? Ce sera quatre francs." 150

Elle eut un sursaut; toute sa douleur s'envola du coup.

"Quatre francs! vous vous en feriez mourir! quatre francs!"

Il répondit: "Vous croyez que j' vas apporter mes cordes, mes manivelles, et monter tout ça, et m'en aller là-bas avec mon garçon et m' faire mordre encore par votre maudit quin, pour l' plaisir de vous le r'donner? fallait pas l' jeter."

Elle s'en alla, indignée. — Quatre francs!

Aussitôt rentrée, elle appela Rose et lui dit les prétentions du puisatier. Rose, toujours résignée, répétait: "Quatre francs! c'est de l'argent, Madame."   160

Puis, elle ajouta: "Si on lui jetait à manger, à ce pauvre quin, pour qu'il ne meure pas comme ça?"

Madame Lefèvre approuva, toute joyeuse; et les voilà reparties, avec un gros morceau de pain beurré.

Elles le coupèrent par bouchées qu'elles lançaient l'une après l'autre, parlant tour à tour à Pierrot. Et si tôt que le chien avait achevé un morceau, il jappait pour réclamer le suivant.

Elles revinrent le soir, puis le lendemain, tous les jours. Mais elles ne faisaient plus qu'un voyage.

Or, un matin, au moment de laisser tomber la première bouchée, 170 elles entendirent tout à coup un aboiement formidable dans le puits. Ils étaient deux! On avait précipité un autre chien, un gros!

Rose cria: "Pierrot!" Et Pierrot jappa, jappa. Alors on se mit à jeter la nourriture; mais, chaque fois elles distinguaient parfaitement une bousculade terrible, puis les cris plaintifs de Pierrot mordu par son compagnon, qui mangeait tout, étant le plus fort.

Elles avaient beau spécifier: "C'est pour toi, Pierrot!" Pierrot, évidemment, n'avait rien.

Les deux femmes interdites, se regardaient; et Madame Lefèvre prononça d'un ton aigre: "Je ne peux pourtant pas nourrir tous les 180 chiens qu'on jettera là dedans. Il faut y renoncer."

Et, suffoquée à l'idée de tous ces chiens vivant à ses dépens, elle s'en alla, emportant même ce qui restait du pain qu'elle se mit à manger en marchant.

Rose la suivit en s'essuyant les yeux du coin de son tablier bleu.

(9 octobre 1882)

A CHEVAL

Les pauvres gens vivaient péniblement des petits appointements du mari. Deux enfants étaient nés depuis leur mariage, et la gêne première était devenue une de ces misères humbles, voilées, honteuses, une misère de famille noble qui veut tenir son rang quand même.

Hector de Gribelin avait été élevé en province, dans le manoir paternel, par un vieil abbé précepteur. On n'était pas riche, mais on vivotait en gardant les apparences.

Puis, à vingt ans, on lui avait cherché une position, et il était entré, commis à quinze cents francs, au ministère de la Marine. Il avait échoué sur cet écueil comme tous ceux qui ne sont point préparés de bonne heure au rude combat de la vie, tous ceux qui voient l'existence à travers un nuage, qui ignorent les moyens et les résistances, en qui on n'a pas développé dès l'enfance des aptitudes spéciales, des facultés particulières, une âpre énergie à la lutte, tous ceux à qui on n'a pas remis une arme ou un outil dans la main.

Ses trois premières années de bureau furent horribles.

Il avait retrouvé quelques amis de sa famille, vieilles gens attardés et peu fortunés aussi, qui vivaient dans les rues nobles, les tristes rues du faubourg Saint-Germain; et il s'était fait un cercle de connaissances.

Étrangers à la vie moderne, humbles et fiers, ces aristocrates nécessiteux habitaient les étages élevés de maisons endormies. Du haut en bas de ces demeures, les locataires étaient titrés; mais l'argent semblait rare au premier comme au sixième.

Les éternels préjugés, la préoccupation du rang, le souci de ne pas déchoir, hantaient ces familles autrefois brillantes, et ruinées par l'inaction des hommes. Hector de Gribelin rencontra dans ce monde une jeune fille noble et pauvre comme lui, et l'épousa.

Ils eurent deux enfants en quatre ans.

Pendant quatre années encore, ce ménage, harcelé par la misère, ne connut d'autres distractions que la promenade aux Champs-Élysées, le dimanche, et quelques soirées au théâtre, une ou deux par hiver, grâce à des billets de faveur offerts par un collègue.

Mais voilà que, vers le printemps, un travail supplémentaire fut confié à l'employé par son chef, et il reçut une gratification extraordinaire de trois cents francs.

En rapportant cet argent, il dit à sa femme: 40

"Ma chère Henriette, il faut nous offrir quelque chose, par exemple une partie de plaisir pour les enfants."

Et après une longue discussion, il fut décidé qu'on irait déjeuner à la campagne.

"Ma foi, s'écria Hector, une fois n'est pas coutume; nous louerons un break pour toi, les petits et la bonne, et moi je prendrai un cheval au manège. Cela me fera du bien."

Et pendant toute la semaine on ne parla que de l'excursion projetée.

Chaque soir, en rentrant du bureau, Hector saisissait son fils 50 aîné, le plaçait à califourchon sur sa jambe, et, en le faisant sauter de toute sa force, il lui disait:

"Voilà comment il galopera, papa, dimanche prochain, à la promenade."

Et le gamin, tout le jour, enfourchait les chaises et les traînait autour de la salle en criant:

"C'est papa à dada."

Et la bonne elle-même regardait Monsieur d'un œil émerveillé, en songeant qu'il accompagnerait la voiture à cheval; et pendant tous les repas elle l'écoutait parler d'équitation, raconter ses ex- 60 ploits de jadis, chez son père. Oh! il avait été à bonne école, et, une fois la bête entre ses jambes, il ne craignait rien, mais rien!

Il répétait à sa femme en se frottant les mains:

"Si on pouvait me donner un animal un peu difficile, je serais enchanté. Tu verras comme je monte; et, si tu veux, nous reviendrons par les Champs-Élysées au moment du retour du Bois. Comme nous ferons bonne figure, je ne serais pas fâché de rencontrer quelqu'un du ministère. Il n'en faut pas plus pour se faire respecter de ses chefs."

Au jour dit, la voiture et le cheval arrivèrent en même temps 70 devant la porte. Il descendit aussitôt, pour examiner sa monture. Il avait fait coudre des sous-pieds à son pantalon, et manœuvrait une cravache achetée la veille.

Il leva et palpa, l'une après l'autre, les quatre jambes de la bête, tâta le cou, les côtes, les jarrets, éprouva du doigt les reins, ouvrit la bouche, examina les dents, déclara son âge, et, comme toute la famille descendait, il fit une sorte de petit cours théorique et pratique sur le cheval en général et en particulier sur celui-là, qu'il reconnaissait excellent.

Quand tout le monde fut bien placé dans la voiture, il vérifia les 80 sangles de la selle; puis, s'enlevant sur un étrier, il retomba sur l'animal, qui se mit à danser sons la charge et faillit désarçonner son cavalier.

Hector, ému, tâchait de le calmer:

"Allons, tout beau, mon ami, tout beau."

Puis, quand le porteur eut repris sa tranquillité et le porté son aplomb, celui-ci demanda:

"Est-on prêt?"

Toutes les voix répondirent:

"Oui." 90

Alors, il commanda:

"En route!"

Et la cavalcade s'éloigna.

Tous les regards étaient tendus sur lui. Il trottait à l'anglaise en exagérant les ressauts. A peine était-il retombé sur la selle qu'il rebondissait comme pour monter dans l'espace. Souvent il semblait prêt à s'abattre sur la crinière; et il tenait ses yeux fixes devant lui, ayant la figure crispée et les joues pâles.

Sa femme, gardant sur ses genoux un des enfants, et la bonne qui portait l'autre, répétaient sans cesse: 100

"Regardez papa, regardez papa!"

Et les deux gamins, grisés par le mouvement, la joie et l'air vif, poussaient des cris aigus. Le cheval, effrayé par ces clameurs, finit par prendre le galop, et, pendant que le cavalier s'efforçait de l'arrêter, le chapeau roula par terre. Il fallut que le cocher descendit de son siège pour ramasser cette coiffure, et, quand Hector l'eut reçue de ses mains, il s'adressa de loin à sa femme:

"Empêche donc les enfants de crier comme ça: tu me ferais emporter!"

On déjeuna sur l'herbe, dans les bois du Vésinet, avec les provisions déposées dans les coffres. 110

Bien que le cocher prît soin des trois chevaux, Hector à tout

44

moment se levait pour aller voir si le sien ne manquait de rien; et il le caressait sur le cou, lui faisant manger du pain, des gâteaux, du sucre.

Il déclara:

"C'est un rude trotteur. Il m'a même un peu secoué dans les premiers moments; mais tu as vu que je m'y suis vite remis: il a reconnu son maître, il ne bougera plus maintenant."

Comme il avait été décidé, on revint par les Champs-Élysées. 120

La vaste avenue fourmillait de voitures. Et, sur les côtés, les promeneurs étaient si nombreux qu'on eût dit deux longs rubans noirs se déroulant, depuis l'Arc de Triomphe jusqu'à la place de la Concorde. Une averse de soleil tombait sur tout ce monde, faisait étinceler le vernis des calèches, l'acier des harnais, les poignées des portières.

Une folie de mouvement, une ivresse de vie semblait agiter cette foule de gens, d'équipages et de bêtes. Et l'Obélisque, là-bas, se dressait dans une buée d'or.

Le cheval d'Hector, dès qu'il eut dépassé l'Arc de Triomphe, fut saisi soudain d'une ardeur nouvelle, et il filait à travers les rues, au 130 grand trot, vers l'écurie, malgré toutes les tentatives d'apaisement de son cavalier.

La voiture était loin maintenant, loin derrière; et voilà qu'en face du Palais de l'Industrie, l'animal se voyant du champ, tourna à droite et prit le galop.

Une vieille femme en tablier traversait la chaussée d'un pas tranquille; elle se trouvait juste sur le chemin d'Hector, qui arrivait à fond de train. Impuissant à maîtriser sa bête, il se mit à crier de toute sa force:

"Holà! hé! holà! là-bas!" 140

Elle était sourde peut-être, car elle continua paisiblement sa route jusqu'au moment où, heurtée par le poitrail du cheval lancé comme une locomotive, elle alla rouler dix pas plus loin, les jupes en l'air, après trois culbutes sur la tête.

Des voix criaient:

"Arrêtez-le!"

Hector, éperdu, se cramponnait à la crinière en hurlant:

"Au secours!"

Une secousse terrible le fit passer comme une balle par-dessus les oreilles de son coursier et tomber dans les bras d'un sergent de 150 ville qui venait de se jeter à sa rencontre.

En une seconde, un groupe furieux, gesticulant, vociférant, se forma autour de lui. Un vieux monsieur, surtout, un vieux monsieur portant une grande décoration ronde et de grandes moustaches blanches, semblait exaspéré. Il répétait :

"Sacrebleu, quand on est maladroit comme ça, on reste chez soi. On ne vient pas tuer les gens dans la rue quand on ne sait pas conduire un cheval."

Mais quatre hommes, portant la vieille, apparurent. Elle semblait morte, avec sa figure jaune et son bonnet de travers, tout gris 160 de poussière.

"Portez cette femme chez un pharmacien, commanda le vieux monsieur, et allons chez le commissaire de police."

Hector, entre les deux agents, se mit en route. Un troisième tenait son cheval. Une foule suivait; et soudain le break parut. Sa femme s'élança, la bonne perdait le tête, les marmots piaillaient. Il expliqua qu'il allait rentrer, qu'il avait renversé une femme, que ce n'était rien. Et sa famille, affolée, s'éloigna.

Chez le commissaire, l'explication fut courte. Il donna son nom, Hector de Gribelin, attaché au ministère de la Marine; et on atten- 170 dit des nouvelles de la blessée. Un agent envoyé aux renseignements revint. Elle avait repris connaissance, mais elle souffrait effroyablement en dedans, disait-elle. C'était une femme de ménage, âgée de soixante-cinq ans, et dénommée Madame Simon.

Quand il sut qu'elle n'était pas morte, Hector reprit espoir et promit de subvenir aux frais de sa guérison. Puis il courut chez le pharmacien.

Une cohue stationnait devant la porte; la bonne femme, affaissée dans un fauteuil, geignait, les mains inertes, la face abrutie. Deux médecins l'examinaient encore. Aucun membre n'était cassé, mais 180 on craignait une lésion interne.

Hector lui parla :

"Souffrez-vous beaucoup?

— Oh! oui.

— Où ça?

— C'est comme un feu que j'aurais dans les estomacs."

Un médecin s'approcha :

"C'est vous, Monsieur, qui êtes l'auteur de l'accident?

— Oui, Monsieur.

— Il faudrait envoyer cette femme dans une maison de santé; 190

46

"j'en connais une où on la recevrait à six francs par jour. Voulez-vous que je m'en charge?"

Hector, ravi, remercia et rentra chez lui soulagé.

Sa femme l'attendait dans les larmes: il l'apaisa.

"Ce n'est rien, cette dame Simon va déjà mieux, dans trois jours, il n'y paraîtra plus; je l'ai envoyée dans une maison de santé; ce n'est rien."

Ce n'est rien!

En sortant de son bureau, le lendemain, il alla prendre des nouvelles de Madame Simon. Il la trouva en train de manger un 200 bouillon gras d'un air satisfait.

"Eh bien?" dit-il.

Elle répondit:

"Oh! mon pauv' monsieur, ça n' change pas. Je me sens quasiment anéantie. N'y a pas de mieux."

Le médecin déclara qu'il fallait attendre, une complication pouvant survenir.

Il attendit trois jours, puis il revint. La vieille femme, le teint clair, l'œil limpide, se mit à geindre en l'apercevant:

"Je n' peux pu r'muer, mon pauv' monsieur; je n' peux pu. J'en 210 ai pour jusqu'à la fin de mes jours."

Un frisson courut dans les os d'Hector. Il demanda le médecin.

Le médecin leva les bras:

"Que voulez-vous, Monsieur, je ne sais pas, moi. Elle hurle quand on essaye de la soulever. On ne peut même changer de place son fauteuil sans lui faire pousser des cris déchirants. Je dois croire ce qu'elle me dit, Monsieur; je ne suis pas dedans. Tant que je ne l'aurai pas vue marcher, je n'ai pas le droit de supposer un mensonge de sa part."

La vieille écoutait, immobile, l'œil sournois. 220

Huit jours se passèrent; puis quinze, puis un mois. Madame Simon ne quittait pas son fauteuil. Elle mangeait du matin au soir, engraissait, causait gaiement avec les autres malades, semblait accoutumée à l'immobilité comme si c'eût été le repos bien gagné par ses cinquante ans d'escaliers montés et descendus, de matelas retournés, de charbon porté d'étage en étage, de coups de balai et de coups de brosse.

Hector, éperdu, venait chaque jour; chaque jour il la trouvait tranquille et sereine, et déclarant:

47

"Je n' peux pu r'muer, mon pauv' monsieur, je n' peux pu." 230
Chaque soir, Madame de Gribelin demandait, dévorée d'angoisse:

"Et Madame Simon?"

Et, chaque fois, il répondait avec un abattement désespéré:

"Rien de changé, absolument rien!"

On renvoya la bonne, dont les gages devenaient trop lourds. On économisa davantage encore, la gratification tout entière y passa.

Alors Hector assembla quatre grands médecins qui se réunirent autour de la vieille. Elle se laissa examiner, tâter, palper, en les guettant d'un œil malin. 240

"Il faut la faire marcher", dit l'un.

Elle s'écria:

"Je n' peux pu, mes bons messieurs, je n' peux pu!"

Alors ils l'empoignèrent, la soulevèrent, la traînèrent quelques pas; mais elle leur échappa des mains et s'écroula sur le plancher en poussant des clameurs si épouvantables qu'ils la reportèrent sur son siège avec des précautions infinies.

Ils émirent une opinion discrète, concluant cependant à l'impossibilité du travail.

Et, quand Hector apporta cette nouvelle à sa femme, elle se laissa 250 choir sur une chaise en balbutiant:

"Il vaudrait encore mieux la prendre ici, ça nous coûterait moins cher."

Il bondit:

"Ici, chez nous, y penses-tu?"

Mais elle répondit, résignée à tout maintenant, et avec des larmes dans les yeux:

"Que veux-tu, mon ami, ce n'est pas ma faute!..."

(*14 janvier 1883*)

EN MER

A Henry Céard

On lisait dernièrement dans les journaux les lignes suivantes :
Boulogne-sur-Mer, 22 janvier. — On nous écrit :
"Un affreux malheur vient de jeter la consternation parmi notre
population maritime déjà si éprouvée depuis deux années. Le
bateau de pêche commandé par le patron Javel, entrant dans le port,
a été jeté à l'Ouest et est venu se briser sur les roches du brise-lames
de la jetée.

"Malgré les efforts du bateau de sauvetage et des lignes envoyées   10
au moyen du fusil porte-amarre, quatre hommes et le mousse ont
péri.

"Le mauvais temps continue. On craint de nouveaux sinistres."
Quel est ce patron Javel? Est-il le frère du manchot?

Si le pauvre homme roulé par la vague, et mort peut-être sous
les débris de son bateau mis en pièces, est celui auquel je pense,
il avait assisté, voici dix-huit ans maintenant, à un autre drame,
terrible et simple comme sont toujours ces drames formidables des
flots.

Javel aîné était alors patron d'un chalutier.   20

Le chalutier est le bateau de pêche par excellence. Solide à ne
craindre aucun temps, le ventre rond, roulé sans cesse par les lames
comme un bouchon, toujours dehors, toujours fouetté par les vents
durs et salés de la Manche, il travaille la mer, infatigable, la voile
gonflée, traînant par le flanc un grand filet qui racle le fond de
l'Océan, et détache et cueille toutes les bêtes endormies dans les
roches, les poissons plats collés au sable, les crabes lourds aux
pattes crochues, les homards aux moustaches pointues.

Quand la brise est fraîche et la vague courte, le bateau se met à
pêcher. Son filet est fixé tout le long d'une grande tige de bois garnie   30
de fer qu'il laisse descendre au moyen de deux câbles glissant sur
deux rouleaux aux deux bouts de l'embarcation. Et le bateau, dé-
rivant sous le vent et le courant, tire avec lui cet appareil qui ravage
et dévaste le sol de la mer.

Javel avait à son bord son frère cadet, quatre hommes et un

mousse. Il était sorti de Boulogne par un beau temps clair pour jeter le chalut.

Or, bientôt le vent s'éleva, et une bourrasque survenant força le chalutier à fuir. Il gagna les côtes d'Angleterre; mais la mer démontée battait les falaises, se ruait contre la terre, rendait impossible l'entrée des ports. Le petit bateau reprit le large et revint sur les côtes de France. La tempête continuait à faire infranchissables les jetées, enveloppant d'écume, de bruit et de danger tous les abords des refuges.

Le chalutier repartit encore, courant sur le dos des flots, ballotté, secoué, ruisselant, souffleté par des paquets d'eau, mais gaillard, malgré tout, accoutumé à ces gros temps qui le tenaient parfois cinq ou six jours errant entre les deux pays voisins sans pouvoir aborder l'un ou l'autre.

Puis enfin l'ouragan se calma comme il se trouvait en pleine mer, et, bien que la vague fût encore forte, le patron commanda de jeter le chalut.

Donc le grand engin de pêche fut passé par-dessus bord, et deux hommes à l'avant, deux hommes à l'arrière, commencèrent à filer sur les rouleaux les amarres qui le tenaient. Soudain il toucha le fond; mais une haute lame inclinant le bateau, Javel cadet, qui se trouvait à l'avant et dirigeait la descente du filet, chancela, et son bras se trouva saisi entre la corde un instant détendue par la secousse et le bois où elle glissait. Il fit un effort désespéré, tâchant de l'autre main de soulever l'amarre, mais le chalut traînait déjà et le câble roidi ne céda point.

L'homme crispé par la douleur appela. Tous accoururent. Son frère quitta la barre. Ils se jetèrent sur la corde, s'efforçant de dégager le membre qu'elle broyait. Ce fut en vain. "Faut couper", dit un matelot, et il tira de sa poche un large couteau, qui pouvait, en deux coups, sauver le bras de Javel cadet.

Mais couper, c'était perdre le chalut, et ce chalut valait de l'argent, beaucoup d'argent, quinze cents francs; et il appartenait à Javel aîné, qui tenait à son avoir.

Il cria, le cœur torturé: "Non, coupe pas, attends, je vas lofer." Et il courut au gouvernail mettant toute la barre dessous.

Le bateau n'obéit qu'à peine, paralysé par ce filet qui immobilisait son impulsion, et entraîné d'ailleurs par la force de la dérive et du vent.

Javel cadet s'était laissé tomber sur les genoux, les dents serrées, les yeux hagards. Il ne disait rien. Son frère revint, craignant toujours le couteau d'un marin: "Attends, attends, coupe pas, faut mouiller l'ancre."

L'ancre fut mouillée, toute la chaîne filée, puis on se mit à virer au cabestan pour détendre les amarres du chalut. Elles s'amollirent, 80 enfin, et on dégagea le bras inerte, sous la manche de laine ensanglantée.

Javel cadet semblait idiot. On lui retira la vareuse et on vit une chose horrible, une bouillie de chairs dont le sang jaillissait à flots qu'on eût dit poussés par une pompe. Alors l'homme regarda son bras et murmura: "Foutu."

Puis, comme l'hémorragie faisait une mare sur le pont de bateau, un des matelots cria: "Il va se vider, faut nouer la veine."

Alors ils prirent une ficelle, une grosse ficelle brune et goudronnée, et, enlaçant le membre au-dessus de la blessure, ils serrèrent 90 de toute leur force. Les jets de sang s'arrêtaient peu à peu: et finirent par cesser tout à fait.

Javel cadet se leva, son bras pendait à son côté. Il le prit de l'autre main, le souleva, le tourna, le secoua. Tout était rompu, les os cassés; les muscles seuls retenaient ce morceau de son corps. Il le considérait d'un œil morne, réfléchissant. Puis il s'assit sur une voile pliée, et les camarades lui conseillèrent de mouiller sans cesse la blessure pour empêcher le mal noir.

On mit un seau auprès de lui, et de minute en minute, il puisait dedans au moyen d'un verre, et baignait l'horrible plaie en laissant 100 couler dessus un petit filet d'eau claire.

"Tu serais mieux en bas", lui dit son frère. Il descendit, mais au bout d'une heure il remonta, ne se sentant pas bien tout seul. Et puis, il préférait le grand air. Il se rassit sur sa voile et recommença à bassiner son bras.

La pêche était bonne. Les larges poissons à ventre blanc gisaient à côté de lui, secoués par des spasmes de mort; il les regardait sans cesse d'arroser ses chairs écrasées.

Comme on allait regagner Boulogne, un nouveau coup de vent se déchaîna; et le petit bateau recommença sa course folle, bondissant 110 et culbutant, secouant le triste blessé.

La nuit vint. Le temps fut gros jusqu'à l'aurore. Au soleil levant on apercevait de nouveau l'Angleterre, mais, comme la mer était moins dure, on repartit pour la France en louvoyant.

Vers le soir, Javel cadet appela ses camarades et leur montra des traces noires, toute une vilaine apparence de pourriture sur la partie du membre qui ne tenait plus à lui.

Les matelots regardaient, disant leur avis.

"Ça pourrait bien être le Noir", pensait l'un.

"Faudrait de l'iau salée là-dessus", déclarait un autre.   120

On apporta donc de l'eau salée et on en versa sur le mal. Le blessé devint livide, grinça des dents, se tordit un peu; mais il ne cria pas.

Puis, quand la brûlure se fut calmée: "Donne-moi ton couteau", dit-il à son frère. Le frère tendit son couteau.

"Tiens-moi le bras en l'air, tout drait, tire dessus."

On fit ce qu'il demandait.

Alors il se mit à couper lui-même. Il coupait doucement, avec réflexion, tranchant les derniers tendons avec cette lame aiguë, comme un fil de rasoir; et bientôt il n'eut plus qu'un moignon. Il poussa un profond soupir et déclara: "Fallait ça. J'étais foutu."   130

Il semblait soulagé et respirait avec force. Il recommença à verser de l'eau sur le tronçon de membre qui lui restait.

La nuit fut mauvaise encore et on ne put atterrir.

Quand le jour parut, Javel cadet prit son bras détaché et l'examina longuement. La putréfaction se déclarait. Les camarades vinrent aussi l'examiner, et ils se le passaient de main en main, le tâtaient, le retournaient, le flairaient.

Son frère dit: "Faut jeter ça à la mer à c't'heure."

Mais Javel cadet se fâcha: "Ah! mais non, ah! mais non. J'veux point. C'est à moi, pas vrai, pisque c'est mon bras."   140

Il le reprit et le posa entre ses jambes.

"Il va pas moins pourrir", dit l'aîné. Alors une idée vint au blessé. Pour conserver le poisson quand on tenait longtemps la mer, on l'empilait en des barils de sel.

Il demanda: "J'pourrions t'y point l'mettre dans la saumure."

"Ça, c'est vrai", déclarèrent les autres.

Alors on vida un des barils, plein déjà de la pêche des jours derniers; et, tout au fond, on déposa le bras. On versa du sel dessus, puis on replaça, un à un, les poissons.

Un des matelots fit cette plaisanterie: "Pourvu que je l'vendions point à la criée."   150

52

Et tout le monde rit, hormis les deux Javel.

Le vent soufflait toujours. On louvoya encore en vue de Boulogne jusqu'au lendemain dix heures. Le blessé continuait sans cesse à jeter de l'eau sur sa plaie.

De temps en temps il se levait et marchait d'un bout à l'autre du bateau.

Son frère, qui tenait la barre, le suivait de l'œil en hochant la tête.

On finit par rentrer au port.   160

Le médecin examina la blessure, et la déclara en bonne voie. Il fit un pansement complet et ordonna le repos. Mais Javel ne voulut pas se coucher sans avoir repris son bras, et il retourna bien vite au port pour retrouver le baril qu'il avait marqué d'une croix.

On le vida devant lui et il ressaisit son membre, bien conservé dans la saumure, ridé, rafraîchi. Il l'enveloppa dans une serviette emportée à cette intention, et rentra chez lui.

Sa femme et ses enfants examinèrent longuement ce débris du père, tâtant les doigts, enlevant les brins de sel restés sous les ongles; puis on fit venir le menuisier pour un petit cercueil.   170

Le lendemain l'équipage complet du chalutier suivit l'enterrement du bras détaché. Les deux frères, côte à côte, conduisaient le deuil. Le sacristain de la paroisse tenait le cadavre sous son aisselle.

Javel cadet cessa de naviguer. Il obtint un petit emploi dans le port, et, quand il parlait plus tard de son accident, il confiait tout bas à son auditeur: "Si le frère avait voulu couper le chalut, j'aurais encore mon bras, pour sûr. Mais il était regardant à son bien."

(12 février 1883)

LE GUEUX

Il avait connu des jours meilleurs, malgré sa misère et son infirmité.

A l'âge de quinze ans, il avait eu les deux jambes écrasées par une voiture sur la grand'route de Varville. Depuis ce temps-là, il mendiait en se traînant le long des chemins, à travers les cours des fermes, balancé sur ses béquilles qui lui avaient fait remonter les épaules à la hauteur des oreilles. Sa tête semblait enfoncée entre deux montagnes.

Enfant trouvé dans un fossé par le curé des Billettes, la veille du jour des morts, et baptisé pour cette raison, Nicolas Toussaint, élevé par charité, demeuré étranger à toute instruction, estropié après avoir bu quelques verres d'eau-de-vie offerts par le boulanger du village, histoire de rire, et, depuis lors vagabond, il ne savait rien faire autre chose que tendre la main.

Autrefois la baronne d'Avary lui abandonnait pour dormir, une espèce de niche pleine de paille, à côté du poulailler, dans la ferme attenante au château : et il était sûr, aux jours de grande famine, de trouver toujours un morceau de pain et un verre de cidre à la cuisine. Souvent il recevait encore là quelques sols jetés par la vieille dame du haut de son perron ou des fenêtres de sa chambre. Maintenant elle était morte.

Dans les villages, on ne lui donnait guère : on le connaissait trop ; on était fatigué de lui depuis quarante ans qu'on le voyait promener de masure en masure son corps loqueteux et difforme sur ses deux pattes de bois. Il ne voulait point s'en aller cependant, parce qu'il ne connaissait pas autre chose sur la terre que ce coin de pays, ces trois ou quatre hameaux où il avait traîné sa vie misérable. Il avait mis des frontières à sa mendicité et il n'aurait jamais passé les limites qu'il était accoutumé de ne point franchir.

Il ignorait si le monde s'étendait encore loin derrière les arbres qui avaient borné sa vue. Il ne se le demandait pas. Et quand les paysans, las de le rencontrer toujours au bord de leurs champs ou le long de leurs fossés, lui criaient :

10

20

30

54

"Pourquoi qu' tu n' vas point dans l's autes villages, au lieu d'béquiller toujours par ci?"

Il ne répondait pas et s'éloignait, saisi d'une peur vague de l'inconnu, d'une peur de pauvre qui redoute confusément mille choses, les visages nouveaux, les injures, les regards soupçonneux des gens qui ne le connaissaient pas, et les gendarmes qui vont deux par deux sur les routes et qui le faisaient plonger, par instinct, dans les buissons ou derrière les tas de cailloux.

Quand il les apercevait au loin, reluisants sous le soleil il trouvait soudain une agilité singulière, une agilité de monstre pour gagner quelque cachette. Il dégringolait de ses béquilles, se laissait tomber à la façon d'une loque, et il se roulait en boule, devenait tout petit, invisible, rasé comme un lièvre au gîte, confondant ses haillons bruns avec la terre.

Il n'avait pourtant jamais eu d'affaires avec eux. Mais, il portait cela dans le sang, comme s'il eût reçu cette crainte et cette ruse de ses parents, qu'il n'avait point connus.

Il n'avait pas de refuge, pas de toit, pas de hutte, pas d'abri. Il dormait partout, en été, et l'hiver il se glissait sous les granges ou dans les étables avec une adresse remarquable. Il déguerpissait toujours avant qu'on se fût aperçu de sa présence. Il connaissait les trous pour pénétrer dans les bâtiments; et le maniement des béquilles ayant rendu ses bras d'une vigueur surprenante, il grimpait à la seule force des poignets jusque dans les greniers à fourrages où il demeurait parfois quatre ou cinq jours sans bouger, quand il avait recueilli dans sa tournée des provisions suffisantes.

Il vivait comme les bêtes des bois, au milieu des hommes, sans connaître personne, sans aimer personne, n'excitant chez les paysans qu'une sorte de mépris indifférent et d'hostilité résignée. On l'avait surnommé "Cloche", parce qu'il se balançait, entre ses deux piquets de bois ainsi qu'une cloche entre ses portants.

Depuis deux jours, il n'avait point mangé. Personne ne lui donnait plus rien. On ne voulait plus de lui à la fin. Les paysannes, sur leurs portes, lui criaient de loin en le voyant venir:

"Veux-tu bien t'en aller, manant! V'là pas trois jours que j' t'ai donné un morciau d' pain!"

Et il pivotait sur ses tuteurs et s'en allait à la maison voisine, où on le recevait de la même façon.

Les femmes déclaraient, d'une porte à l'autre:

"On n'peut pourtant pas nourrir ce fainéant toute l'année."
Cependant le fainéant avait besoin de manger tous les jours.

Il avait parcouru Saint-Hilaire, Varville et les Billettes, sans récolter un centime ou une vieille croûte. Il ne lui restait d'espoir qu'à Tournolles; mais il lui fallait faire deux lieues sur la grand'-route, et il se sentait las à ne plus se traîner, ayant le ventre aussi vide que sa poche.

Il se mit en marche pourtant.

C'était en décembre, un vent froid courait sur les champs, sifflait dans les branches nues; et les nuages galopaient à travers le ciel bas et sombre, se hâtant on ne sait où. L'estropié allait lentement, déplaçant ses supports l'un après l'autre d'un effort pénible, en se calant sur la jambe tordue qui lui restait, terminée par un pied bot et chaussé d'une loque.

De temps en temps, il s'asseyait sur le fossé et se reposait quelques minutes. La faim jetait une détresse dans son âme confuse et lourde. Il n'avait qu'une idée: "manger", mais il ne savait par quel moyen.

Pendant trois heures, il peina sur le long chemin; puis quand il aperçut les arbres du village, il hâta ses mouvements.

Le premier paysan qu'il rencontra, et auquel il demanda l'aumône, lui répondit:

"Te r'voilà encore, vieille pratique! Je s'rons donc jamais débarrassés de té?"

Et *Cloche* s'éloigna. De porte en porte on le rudoya, on le renvoya sans lui rien donner. Il continuait cependant sa tournée, patient et obstiné. Il ne recueillit pas un sou.

Alors il visita les fermes, déambulant à travers les terres molles de pluie, tellement exténué qu'il ne pouvait plus lever ses bâtons. On le chassa de partout. C'était un de ces jours froids et tristes où les cœurs se serrent, où les esprits s'irritent, où l'âme est sombre, où la main ne s'ouvre ni pour donner ni pour secourir.

Quand il eut fini la visite de toutes les maisons qu'il connaissait, il alla s'abattre au coin d'un fossé, le long de la cour de maître Chiquet. Il se décrocha, comme on disait pour exprimer comment il se laissait tomber entre ses hautes béquilles en les faisant glisser sous ses bras. Et il resta longtemps immobile, torturé par la faim, mais trop brute pour bien pénétrer son insondable misère.

Il attendait on ne sait quoi, de cette vague attente qui demeure constamment en nous. Il attendait au coin de cette cour, sous le vent glacé, l'aide mystérieuse qu'on espère toujours du ciel ou des hommes, sans se demander comment, ni pourquoi, ni par qui elle lui pourrait arriver. Une bande de poules noires passait, cherchant sa vie dans la terre qui nourrit tous les êtres. A tout instant, elles piquaient d'un coup de bec un grain ou un insecte invisible, puis continuaient leur recherche lente et sûre.   120

Cloche les regardait sans penser à rien ; puis il lui vint, plutôt au ventre que dans la tête, la sensation plutôt que l'idée qu'une de ces bêtes-là serait bonne à manger grillée sur un feu de bois mort.

Le soupçon qu'il allait commettre un vol ne l'effleura pas. Il prit une pierre à portée de sa main, et, comme il était adroit, il tua net en la lançant, la volaille la plus proche de lui. L'animal tomba sur le côté en remuant les ailes. Les autres s'enfuirent, balancés sur leurs pattes minces, et Cloche, escaladant de nouveau ses béquilles, se mit en marche pour aller ramasser sa chasse, avec des mouvements pareils à ceux des poules.   130

Comme il arrivait auprès du petit corps noir taché de rouge à la tête, il reçut une poussée terrible dans le dos qui lui fit lâcher ses bâtons et l'envoya rouler à dix pas devant lui. Et maître Chiquet, exaspéré, se précipitant sur le maraudeur, le roua de coups, tapant comme un forcené, comme tape un paysan volé, avec le poing et avec le genou par tout le corps de l'infirme, qui ne pouvait se défendre.

Les gens de la ferme arrivaient à leur tour qui se mirent avec le patron à assommer le mendiant. Puis, quand ils furent las de le battre, ils le ramassèrent et l'emportèrent, et l'enfermèrent dans le 140 bûcher pendant qu'on allait chercher les gendarmes.

Cloche, à moitié mort, saignant et crevant de faim, demeura couché sur le sol. Le soir vint, puis la nuit, puis l'aurore. Il n'avait toujours pas mangé.

Vers midi, les gendarmes parurent et ouvrirent la porte avec précaution, s'attendant à une résistance, car maître Chiquet prétendait avoir été attaqué par le gueux et ne s'être défendu qu'à grand'peine.

Le brigadier cria :

"Allons, debout !"

Mais Cloche ne pouvait plus remuer, il essaya bien de se hisser 150 sur ses pieux, il n'y parvint point. On crut à une feinte, à une ruse, à un mauvais vouloir de malfaiteur, et les deux hommes armés, le rudoyant, l'empoignèrent et le plantèrent de force sur ses béquilles.

La peur l'avait saisi, cette peur native des baudriers jaunes, cette peur du gibier devant le chasseur, de la souris devant le chat. Et, par des efforts surhumains, il réussit à rester debout.

"En route!" dit le brigadier. Il marcha. Tout le personnel de la ferme le regardait partir. Les femmes lui montraient le poing; les hommes ricanaient, l'injuriaient: on l'avait pris enfin! Bon débarras.

Il s'éloigna entre ses deux gardiens. Il trouva l'énergie désespérée 160
qu'il lui fallait pour se traîner encore jusqu'au soir, abruti, ne sachant seulement plus ce qui lui arrivait, trop effaré pour rien comprendre.

Les gens qu'on rencontrait s'arrêtaient pour le voir passer, et les paysans murmuraient:

"C'est quéque voleux!"

On parvint, vers la nuit, au chef-lieu du canton. Il n'était jamais venu jusque-là. Il ne se figurait pas vraiment ce qui se passait, ni ce qui pouvait survenir. Toutes ces choses terribles, imprévues, ces figures et ces maisons nouvelles le consternaient. 170

Il ne prononça pas un mot, n'ayant rien à dire, car il ne comprenait plus rien. Depuis tant d'années d'ailleurs qu'il ne parlait à personne, il avait à peu près perdu l'usage de sa langue; et sa pensée aussi était trop confuse pour se formuler par des paroles.

On l'enferma dans la prison du bourg. Les gendarmes ne pensèrent pas qu'il pouvait avoir besoin de manger, et on le laissa jusqu'au lendemain.

Mais, quand on vint pour l'interroger, au petit matin, on le trouva mort, sur le sol. Quelle surprise!

(*9 mars 1884*)

LA MÈRE SAUVAGE

A Georges Pouchet

I

Je n'étais point revenu à Virelogne depuis quinze ans. J'y retournai chasser, à l'automne, chez mon ami Serval, qui avait enfin fait reconstruire son château, détruit par les Prussiens.

J'aimais ce pays infiniment. Il est des coins du monde délicieux qui ont pour les yeux un charme sensuel. On les aime d'un amour physique. Nous gardons, nous autres que séduit la terre, des souvenirs tendres pour certaines sources, certains bois, certains étangs, certaines collines, vus souvent et qui nous ont attendris à la façon des événements heureux. Quelquefois même la pensée retourne vers un coin de forêt, ou un bout de berge, ou un verger poudré de fleurs, aperçus une seule fois, par un jour gai, et restés en notre cœur comme ces images de femmes rencontrées dans la rue, un matin de printemps, avec une toilette claire et transparente, et qui nous laissent dans l'âme et dans la chair un désir inapaisé, inoubliable, la sensation du bonheur coudoyé.

A Virelogne, j'aimais toute la campagne, semée de petits bois et traversée par des ruisseaux qui couraient dans le sol comme des veines, portant le sang à la terre. On pêchait là-dedans des écrevisses, des truites et des anguilles! Bonheur divin! On pouvait se baigner par places, et on trouvait souvent des bécassines dans les hautes herbes qui poussaient sur les bords de ces minces cours d'eau.

J'allais, léger comme une chèvre, regardant mes deux chiens fourrager devant moi. Serval, à cent mètres sur ma droite, battait un champ de luzerne. Je tournai les buissons qui forment la limite du bois des Saudres, et j'aperçus une chaumière en ruines.

Tout à coup, je me la rappelai telle que je l'avais vue pour la dernière fois, en 1869, propre, vêtue de vignes, avec des poules devant la porte. Quoi de plus triste qu'une maison morte, avec son squelette debout, délabré, sinistre?

Je me rappelai aussi qu'une bonne femme m'avait fait boire un verre de vin là-dedans, un jour de grande fatigue, et que Serval m'avait dit alors l'histoire des habitants. Le père, vieux braconnier, avait été tué par les gendarmes. Le fils, que j'avais vu autrefois, était un grand garçon sec qui passait également pour un féroce destructeur de gibier. On les appelait les Sauvage.

Était-ce un nom ou un sobriquet?

Je hélai Serval. Il s'en vint de son long pas d'échassier.   40

Je lui demandai.

"Que sont devenus les gens de là?"

Et il me conta cette aventure.

II

Lorsque la guerre fut déclarée, le fils Sauvage, qui avait alors trente-trois ans, s'engagea, laissant la mère seule au logis. On ne la plaignait pas trop, la vieille, parce qu'elle avait de l'argent, on le savait.

Elle resta donc toute seule dans cette maison isolée si loin du village, sur la lisière du bois. Elle n'avait pas peur, du reste, étant de la même race que ses hommes, une rude vieille, haute et maigre,   50 qui ne riait pas souvent et avec qui on ne plaisantait point. Les femmes des champs ne rient guère d'ailleurs. C'est affaire aux hommes, cela! Elles ont l'âme triste et bornée, ayant une vie morne et sans éclaircie. Le paysan apprend un peu de gaieté bruyante au cabaret, mais sa compagne reste sérieuse avec une physionomie constamment sévère. Les muscles de leur face n'ont point appris les mouvements du rire.

La mère Sauvage continua son existence ordinaire dans sa chaumière, qui fut bientôt couverte par les neiges. Elle s'en venait au village, une fois par semaine, chercher du pain et un peu de viande;   60 puis elle retournait dans sa masure. Comme on parlait des loups, elle sortait le fusil au dos, le fusil du fils, rouillé, avec la crosse usée par le frottement de la main; et elle était curieuse à voir, la grande Sauvage, un peu courbée, allant à lentes enjambées par la neige, le canon de l'arme dépassant la coiffe noire qui lui serrait la tête et emprisonnait ses cheveux blancs, que personne n'avait jamais vus.

Un jour les Prussiens arrivèrent. On les distribua aux habitants, selon la fortune et les ressources de chacun. La vieille, qu'on savait riche, en eut quatre.

C'étaient quatre gros garçons à la chair blonde, à la barbe blonde,   70 aux yeux bleus, demeurés gras malgré les fatigues qu'ils avaient endurées déjà, et bons enfants, bien qu'en pays conquis. Seuls chez cette femme âgée, ils se montrèrent pleins de prévenances pour elle, lui épargnant, autant qu'ils le pouvaient, des fatigues et des dépenses. On les voyait tous les quatre faire leur toilette autour du puits, le matin, en manches de chemise, mouillant à grande eau, dans le jour cru des neiges, leur chair blanche et rose d'hommes du Nord, tandis que la mère Sauvage allait et venait, préparant la soupe. Puis on les voyait nettoyer la cuisine, frotter les carreaux, casser du bois, éplucher les pommes de terre, laver le linge, accomplir toutes les 80 besognes de la maison, comme quatre bons fils autour de leur mère.

Mais elle pensait sans cesse au sien, la vieille, à son grand maigre au nez crochu, aux yeux bruns, à la forte moustache qui faisait sur sa lèvre un bourrelet de poils noirs. Elle demandait chaque jour, à chacun des soldats installés à son foyer:

"Savez-vous où est parti le régiment français, vingt-troisième de marche? Mon garçon est dedans."

Ils répondaient: "Non, bas su, bas savoir tu tout." Et, comprenant sa peine et ses inquiétudes, eux qui avaient des mères là-bas, ils lui rendaient mille petits soins. Elle les aimait bien, d'ailleurs, 90 ses quatre ennemis; car les paysans n'ont guère les haines patriotiques; cela n'appartient qu'aux classes supérieures. Les humbles, ceux qui paient le plus parce qu'ils sont pauvres et que toute charge nouvelle les accable, ceux qu'on tue par masses, qui forment la vraie chair à canon, parce qu'ils sont le nombre, ceux qui souffrent enfin le plus cruellement des atroces misères de la guerre, parce qu'ils sont les plus faibles et les moins résistants, ne comprennent guère ces ardeurs belliqueuses, ce point d'honneur excitable et ces prétendues combinaisons politiques qui épuisent en six mois deux nations, la victorieuse comme la vaincue. 100

On disait dans le pays, en parlant des Allemands de la mère Sauvage:

"En v'là quatre qu' ont trouvé leur gîte."

Or, un matin, comme la vieille femme était seule au logis, elle aperçut au loin dans la plaine un homme qui venait vers sa demeure. Bientôt elle le reconnut, c'était le piéton chargé de distribuer les lettres. Il lui remit un papier plié et elle tira de son étui les lunettes dont elle se servait pour coudre; puis elle lut:

"Madame Sauvage, la présente est pour vous porter une triste nouvelle. Votre garçon Victor a été tué hier par un boulet, qui l'a 110 censément coupé en deux parts. J'étais tout près, vu que nous nous trouvions côte à côte dans la compagnie et qu'il me parlait de vous pour vous prévenir au jour même s'il lui arrivait malheur.

"J'ai pris dans sa poche sa montre pour vous la reporter quand la guerre sera finie.

"Je vous salue amicalement.

"CÉSAIRE RIVOT,

"*Soldat de 2ᵉ classe au 23ᵉ de marche.*"

La lettre était datée de trois semaines.

Elle ne pleurait point. Elle demeurait immobile, tellement saisie, 120 hébétée, qu'elle ne souffrait même pas encore. Elle pensait : "V'là Victor qu'est tué, maintenant." Puis peu à peu les larmes montèrent à ses yeux, et la douleur envahit son cœur. Les idées lui venaient une à une, affreuses, torturantes. Elle ne l'embrasserait plus, son enfant, son grand, plus jamais! Les gendarmes avaient tué le père, les Prussiens avaient tué le fils... Il avait été coupé en deux par un boulet. Et il lui semblait qu'elle voyait la chose, la chose horrible : la tête tombant, les yeux ouverts, tandis qu'il mâchait le coin de sa grosse moustache, comme il faisait aux heures de colère.

Qu'est-ce qu'on avait fait de son corps, après? Si seulement on 130 lui avait rendu son enfant, comme on lui avait rendu son mari, avec sa balle au milieu du front?

Mais elle entendit un bruit de voix. C'étaient les Prussiens qui revenaient du village. Elle cacha bien vite la lettre dans sa poche et elle les reçut tranquillement avec sa figure ordinaire, ayant eu le temps de bien essuyer ses yeux.

Ils riaient tous les quatre, enchantés, car ils rapportaient un beau lapin, volé sans doute, et ils faisaient signe à la vieille qu'on allait manger quelque chose de bon.

Elle se mit tout de suite à la besogne pour préparer le déjeuner; 140 mais, quand il fallut tuer le lapin, le cœur lui manqua. Ce n'était pas le premier pourtant! Un des soldats l'assomma d'un coup de poing derrière les oreilles.

Une fois la bête morte, elle fit sortir le corps rouge de la peau; mais la vue du sang qu'elle maniait, qui lui couvrait les mains, du sang tiède qu'elle sentait se refroidir et se coaguler, la faisait trembler de la tête aux pieds; et elle voyait toujours son grand coupé en deux, et tout rouge aussi, comme cet animal encore palpitant.

Elle se mit à table avec ses Prussiens, mais elle ne put manger, pas même une bouchée. Ils dévorèrent le lapin sans s'occuper 150 d'elle. Elle les regardait de côté, sans parler, mûrissant une idée, et le visage tellement impassible qu'ils ne s'aperçurent de rien.

Tout à coup, elle demanda: "Je ne sais seulement point vos noms, et v'là un mois que nous sommes ensemble." Ils comprirent, non sans peine, ce qu'elle voulait, et dirent leurs noms. Cela ne lui suffisait pas; elle se les fit écrire sur un papier, avec l'adresse de leurs familles, et, reposant ses lunettes sur son grand nez, elle considéra cette écriture inconnue, puis elle plia le feuille et la mit dans sa poche, par-dessus la lettre qui lui disait la mort de son fils.

Quand le repas fut fini, elle dit aux hommes: 160 "J' vas travailler pour vous."

Et elle se mit à monter du foin dans le grenier où ils couchaient.

Ils s'étonnèrent de cette besogne; elle leur expliqua qu'ils auraient moins froid; et ils l'aidèrent. Ils entassaient les bottes jusqu'au toit de paille; et ils se firent ainsi une sorte de grande chambre avec quatre murs de fourrage, chaude et parfumée, où ils dormiraient à merveille.

Au dîner, un d'eux s'inquiéta de voir que la mère Sauvage ne mangeait point encore. Elle affirma qu'elle avait des crampes. Puis elle alluma un bon feu pour se chauffer, et les quatre Allemands 170 montèrent dans leur logis par l'échelle qui leur servait tous les soirs.

Dès que la trappe fut refermée, la vieille enleva l'échelle, puis rouvrit sans bruit la porte du dehors, et elle retourna chercher des bottes de paille dont elle emplit sa cuisine. Elle allait nu-pieds, dans la neige, si doucement qu'on n'entendait rien. De temps en temps elle écoutait les ronflements sonores et inégaux des quatre soldats endormis.

Quand elle jugea suffisants ses préparatifs, elle jeta dans le foyer une des bottes, et, lorsqu'elle fut enflammée, elle l'éparpilla sur les 180 autres, puis elle ressortit et regarda.

Une clarté violente illumina en quelques secondes tout l'intérieur de la chaumière, puis ce fut un brasier effroyable, un gigantesque four ardent, dont la lueur jaillissait par l'étroite fenêtre et jetait sur la neige un éclatant rayon.

Puis un grand cri partit du sommet de la maison, puis ce fut une clameur de hurlements humains, d'appels déchirants d'angoisse et d'épouvante. Puis, la trappe s'étant écroulée à l'intérieur, un tourbillon de feu s'élança dans le grenier, perça le toit de paille, monta dans le ciel comme une immense flamme de torche; et toute la 190 chaumière flamba.

On n'entendait plus rien dedans que le crépitement de l'incendie, le craquement des murs, l'écroulement des poutres. Le toit toute à coup s'effondra, et la carcasse ardente de la demeure lança dans l'air, au milieu d'un nuage de fumée, un grand panache d'étincelles.

La campagne, blanche, éclairée par le feu, luisait comme une nappe d'argent teintée de rouge.

Une cloche, au loin, se mit à sonner.

La vieille Sauvage restait debout, devant son logis détruit, armée de son fusil, celui du fils, de crainte qu'un des hommes n'échappât. 200

Quand elle vit que c'était fini, elle jeta son arme dans le brasier. Une détonation retentit.

Des gens arrivaient, des paysans, des Prussiens.

On trouva la femme assise sur un tronc d'arbre, tranquille et satisfaite.

Un officier allemand, qui parlait le français comme un fils de France, lui demanda:

"Où sont vos soldats?"

Elle tendit son bras maigre vers l'amas rouge de l'incendie qui s'éteignait, et elle répondit d'une voix forte: 210
"Là-dedans!"

On se pressait autour d'elle. Le Prussien demanda:

"Comment le feu a-t-il pris?"

Elle prononça:

"C'est moi qui l'ai mis."

On ne la croyait pas, on pensait que le désastre l'avait soudain rendue folle. Alors, comme tout le monde l'entourait et l'écoutait, elle dit la chose d'un bout à l'autre, depuis l'arrivée de la lettre jusqu'au dernier cri des hommes flambés avec sa maison. Elle n'oublia pas un détail de ce qu'elle avait ressenti ni de ce qu'elle 220 avait fait.

Quand elle eut fini, elle tira de sa poche deux papiers, et, pour les distinguer aux dernières lueurs du feu, elle ajusta encore ses lunettes, puis elle prononça, montrant l'un: "Ça, c'est la mort de Victor." Montrant l'autre, elle ajouta, en désignant les ruines rouges d'un coup de tête: "Ça, c'est leurs noms pour qu'on écrive

chez eux." Elle tendit tranquillement la feuille blanche à l'officier,
qui la tenait par les épaules, et elle reprit:

"Vous écrirez comment c'est arrivé, et vous direz à leurs parents
que c'est moi qui ai fait ça. Victoire Simon, la Sauvage! N'oubliez 230
pas."

L'officier criait des orders en allemand. On la saisit, on la jeta
contre les murs encore chauds de son logis. Puis douze hommes se
rangèrent vivement en face d'elle, à vingt mètres. Elle ne bougea
point. Elle avait compris; elle attendait.

Un ordre retentit, qu'une longue détonation suivit aussitôt. Un
coup attardé partit tout seul, après les autres.

La vieille ne tomba point. Elle s'affaissa comme si on lui eût
fauché les jambes.

L'officier prussien s'approcha. Elle était presque coupée en deux, 240
et dans sa main crispée elle tenait sa lettre baignée de sang.

Mon ami Serval ajouta:

"C'est par représailles que les Allemands ont détruit le château
du pays, qui m'appartenait."

Moi, je pensais aux mères des quatre doux garçons brûlés là-
dedans; et à l'héroïsme atroce de cette autre mère, fusillée contre
ce mur.

Et je ramassai une petite pierre, encore noircie par le feu.

(3 *mars* 1884)

TOINE

I

On le connaissait à dix lieues aux environs le père Toine, le gros Toine, Toine-ma-Fine, Antoine Mâcheblé, dit Brûlot, le cabaretier de Tournevent.

Il avait rendu célèbre le hameau enfoncé dans un pli du vallon qui descendait vers la mer, pauvre hameau paysan composé de dix maisons normandes entourées de fossés et d'arbres.

Elles étaient là, ces maisons, blotties dans ce ravin couvert d'herbe et d'ajonc, derrière la courbe qui avait fait nommer ce lieu Tournevent. Elles semblaient avoir cherché un abri dans ce trou comme les oiseaux qui se cachent dans les sillons les jours d'ouragan, un abri contre le grand vent de mer, le vent du large, le vent dur et salé, qui ronge et brûle comme le feu, dessèche et détruit comme les gelées d'hiver.

Mais le hameau tout entier semblait être la propriété d'Antoine Mâcheblé, dit Brûlot, qu'on appelait d'ailleurs aussi souvent Toine et Toine-ma-Fine, par suite d'une locution dont il se servait sans cesse:

"Ma Fine est la première de France."

Sa Fine, c'était son cognac, bien entendu.

Depuis vingt ans il abreuvait le pays de sa Fine et de ses Brûlots, car chaque fois qu'on lui demandait:

"Qu'est-ce que j'allons bé, pé Toine?"

Il répondait invariablement:

"Un brûlot, mon gendre, ça chauffe la tripe et ça nettoie la tête; y a rien de meilleu pour le corps."

Il avait aussi cette coutume d'appeler tout le monde "mon gendre", bien qu'il n'eût jamais eu de fille mariée ou à marier.

Ah! oui, on le connaissait Toine Brûlot, le plus gros homme du canton, et même de l'arrondissement. Sa petite maison semblait dérisoirement trop étroite et trop basse pour le contenir, et quand on le voyait debout sur sa porte où il passait des journées entières, on se demandait comment il pourrait entrer dans sa demeure. Il y rentrait chaque fois que se présentait un consommateur, car

66

Toine-ma-Fine était invité de droit à prélever son petit verre sur tout ce qu'on buvait chez lui.

Son café avait pour enseigne : "Au Rendez-vous des Amis", et il était bien, le pé Toine, l'ami de toute la contrée. On venait de Fécamp et de Montvilliers pour le voir et pour rigoler en l'écoutant, car il aurait fait rire une pierre de tombe, ce gros homme. Il avait une manière de blaguer les gens sans les fâcher, de cligner de l'œil pour exprimer ce qu'il ne disait pas, de se taper sur la cuisse dans ses accès de gaieté qui vous tirait le rire du ventre malgré vous, à tous les coups. Et puis c'était une curiosité rien que de le regarder boire. Il buvait tant qu'on lui en offrait, et de tout, avec une joie dans son œil malin, une joie qui venait de son double plaisir, plaisir de se régaler d'abord et d'amasser des gros sous ensuite, pour sa régalade.

Les farceurs du pays lui demandaient :

"Pourquoi que tu ne bé point la mé, pé Toine?"

Il répondait :

"Y a deux choses qui m'opposent, primo qu'a l'est salée, et deusio qu'i faudrait la mettre en bouteille, vu que mon abdomin n'est point pliable pour bé à c'te tasse-là!"

Et puis il fallait l'entendre se quereller avec sa femme! C'était une telle comédie qu'on aurait payé sa place de bon cœur. Depuis trente ans qu'ils étaient mariés, ils se chamaillaient tous les jours. Seulement Toine rigolait, tandis que sa bourgeoise se fâchait. C'était une grande paysanne, marchant à longs pas d'échassier, et portant sur un corps maigre et plat une tête de chat-huant en colère. Elle passait son temps à élever des poules dans une petite cour, derrière le cabaret, et elle était renommée pour la façon dont elle savait engraisser les volailles.

Quand on donnait un repas à Fécamp chez les gens de la haute, il fallait, pour que le dîner fût goûté, qu'on y mangeât une pensionnaire de la mé Toine.

Mais elle était née de mauvaise humeur et elle avait continué à être mécontente de tout. Fâchée contre le monde entier, elle en voulait principalement à son mari. Elle lui en voulait de sa gaieté, de sa renommée, de sa santé et de son embonpoint. Elle le traitait de propre à rien, parce qu'il gagnait de l'argent sans rien faire, de sapas, parce qu'il mangeait et buvait comme dix hommes ordinaires, et il ne se passait point de jour sans qu'elle déclarât d'un air exaspéré :

"Ça serait-il point mieux dans l'étable à cochons un quétou comme ça? C'est que d'la graisse que ça en fait mal au cœur."

Et elle lui criait dans la figure:

"Espère, espère un brin; j'verrons c'qu'arrivera, j'verrons ben! Ça crèvera comme un sac à grain, ce gros bouffi!"

Toine riait de tout son cœur en se tapant sur le ventre et répondait: 80

"Eh! la mé Poule, ma planche, tâche d'engraisser comme ça d'la volaille. Tâche pour voir."

Et relevant sa manche sur son bras énorme:

"En v'là un aileron, la mé, en v'la un."

Et les consommateurs tapaient du poing sur les tables en se tordant de joie, tapaient du pied sur la terre du sol, et crachaient par terre dans un délire de gaieté.

La vieille furieuse reprenait:

"Espère un brin... espère un brin... j'verrons c'qu'arrivera... ça crèvera comme un sac à grain..."   90

Et elle s'en allait furieuse, sous les rires des buveurs.

Toine, en effet, était surprenant à voir, tant il était devenu épais et gros, rouge et soufflant. C'était un de ces êtres énormes sur qui la mort semble s'amuser, avec des ruses, des gaietés et des perfidies bouffonnes, rendant irrésistible comique son travail lent de destruction. Au lieu de se montrer comme elle fait chez les autres, la gueuse, de se montrer dans les cheveux blancs, dans la maigreur, dans les rides, dans l'affaissement croissant qui fait dire avec un frisson: "Bigre! comme il a changé!" elle prenait plaisir à l'engraisser, celui-là, à le faire monstrueux et drôle, à l'enluminer de rouge et de bleu, à le souffler, à lui donner l'apparence d'une santé surhumaine; et les déformations qu'elle inflige à tous les êtres devenaient chez lui risibles, cocasses, divertissantes, au lieu d'être sinistres et pitoyables.   100

"Espère un brin, répétait la mère Toine, j'verrons ce qu'arrivera."

II

Il arriva que Toine eut une attaque et tomba paralysé. On coucha ce colosse dans la petite chambre derrière la cloison du café, afin qu'il pût entendre ce qu'on disait à côté, et causer avec les

amis, car sa tête était demeurée libre, tandis que son corps, un corps 110
énorme, impossible à remuer, à soulever, restait frappé d'immobilité. On espérait, dans les premiers temps, que ses grosses
jambes reprendraient quelque énergie, mais cet espoir disparut
bientôt, et Toine-ma-Fine passa ses jours et ses nuits dans son lit
qu'on ne retapait qu'une fois par semaine, avec le secours de quatre
voisins qui enlevaient le cabaretier par les quatre membres pendant
qu'on retournait sa paillasse.

Il demeurait gai pourtant, mais d'une gaieté différente, plus
timide, plus humble, avec des craintes de petit enfant devant sa
femme qui piaillait toute la journée: 120
"Le v'là, le gros sapas, le v'là, le propre à rien, le faigniant, ce
gros soulot! C'est du propre, c'est du propre!"

Il ne répondait pas. Il clignait seulement de l'œil derrière le dos
de la vieille et il se retournait sur sa couche, seul mouvement qui
lui demeurât possible. Il appelait cet exercice faire un "va-t-au-
nord", ou un "va-t-au sud".

Sa grande distraction maintenant c'était d'écouter les conversa-
tions du café, et de dialoguer à travers le mur quand il reconnaissait
les voix des amis. Il criait:
"Hé, mon gendre, c'est té Célestin?" 130
Et Célestin Maloisel répondait:
"C'est mé, pé Toine. C'est-il que tu regalopes, gros lapin?"
Toine-ma-Fine prononçait:
"Pour galoper, point encore. Mais je n'ai point maigri, l'coffre
est bon."

Bientôt, il fit venir les plus intimes dans sa chambre et on lui
tenait compagnie, bien qu'il se désolât de voir qu'on buvait sans lui.
Il répétait:
"C'est ça qui me fait deuil, mon gendre, de n'pu goûter d'ma
fine, nom d'un nom. L'reste, j'm'en gargarise, mais de ne point 140
bé ça me fait deuil."

Et la tête de chat-huant de la mère Toine apparaissait dans la
fenêtre. Elle criait:
"Guétez-le, guétez-le, à c't'heure, ce gros faigniant qu'i faut
nourrir, qu'i faut laver, qu'i faut nettoyer comme un porc."

Et quand la vieille avait disparu, un coq aux plumes rouges sau-
tait parfois sur la fenêtre, regardait d'un œil rond et curieux dans la
chambre, puis poussait son cri sonore. Et parfois aussi, une ou deux

poules volaient jusqu'aux pieds du lit, cherchant des miettes sur le sol. 150

Les amis de Toine-ma-Fine désertèrent bientôt la salle du café, pour venir, chaque après-midi, faire la causette autour du lit du gros homme. Tout couché qu'il était, ce farceur de Toine, il les amusait encore. Il aurait fait rire le diable, ce malin-là. Ils étaient trois qui reparaissaient tous les jours : Célestin Maloisel, un grand maigre un peu tordu comme un tronc de pommier, Prosper Horslaville, un petit sec avec un nez de furet, malicieux, futé comme un renard, et Césaire Paumelle, qui ne parlait jamais, mais qui s'amusait tout de même.

On apportait une planche de la cour, on la posait au bord du lit 160 et on jouait aux dominos, pardi, et on faisait de rudes parties, depuis deux heures jusqu'à six.

Mais la mère Toine devint bientôt insupportable. Elle ne pouvait point tolérer que son gros faigniant d'homme continuât à se distraire, en jouant aux dominos dans son lit; et chaque fois qu'elle voyait une partie commencée, elle s'élançait avec fureur, culbutait la planche, saisissait le jeu, le rapportait dans le café et déclarait que c'était assez de nourrir ce gros suiffeux à ne rien faire sans le voir encore se divertir comme pour narguer le pauvre monde qui travaillait toute la journée. 170

Célestin Maloisel et Césaire Paumelle courbaient la tête, mais Prosper Horslaville excitait la vieille, s'amusait de ses colères.

La voyant un jour plus exaspérée que de coutume, il lui dit :

"Hé! la mé, savez-vous c' que j'f'rais, mé, si j'étais de vous?"

Elle attendit qu'il s'expliquât, fixant sur lui son œil de chouette.

Il reprit :

"Il est chaud comme un four, vot'homme, qui n'sort point de d'son lit. Eh ben, mé, j'li f'rais couver des œufs."

Elle demeura stupéfaite, pensant qu'on se moquait d'elle, considérant la figure mince et rusée du paysan qui continua : 180

"J'y en mettrais cinq sous un bras, cinq sous l'autre, l'même jour que je donnerais la couvée à une poule. Ça naîtrait d' même. Quand ils seraient éclos j'porterais à vot'poule les poussins de vot'homme pour qu'a les élève. Ça vous en f'rait d'la volaille, la mé!"

La vieille interdite demanda :

"Ça se peut-il?"

L'homme reprit:

"Si ça s' peut? Pourqué que ça n'se pourrait point? Pisqu'on fait ben couver d's œufs dans une boîte chaude, on peut ben en mett' couver dans un lit." 190

Elle fut frappée par ce raisonnement et s'en alla, songeuse et calmée.

Huit jours plus tard elle entra dans la chambre de Toine avec son tablier plein d'œufs. Et elle dit:

"J'viens d'mett' la jaune au nid avec dix œufs. En v'là dix pour té. Tâche de n' point les casser."

Toine éperdu, demanda:

"Qué que tu veux?"

Elle répondit: 200

"J'veux qu' tu les couves, propre à rien."

Il rit d'abord; puis, comme elle insistait, il se fâcha, il résista, il refusa résolument de laisser mettre sous ses gros bras cette graine de volaille que sa chaleur ferait éclore.

Mais la vieille, furieuse, déclara:

"Tu n'auras point d'fricot tant que tu n'les prendras point. J'verrons ben c'qu'arrivera."

Toine, inquiet, ne répondit rien.

Quand il entendit sonner midi, il appela:

"Hé! la mé, la soupe est-il cuite?" 210

La vieille cria de sa cuisine:

"Y a point de soupe pour té, gros faignant."

Il crut qu'elle plaisantait et attendit, puis il pria, supplia, jura, fit des "va-t-au nord" et des "va-t-au sud" désespérés, tapa la muraille à coups de poing, mais il dut se résigner à laisser introduire dans sa couche cinq œufs contre son flanc gauche. Après quoi il eut sa soupe.

Quand ses amis arrivèrent, ils le crurent tout à fait mal, tant il paraissait drôle et gêné.

Puis on fit la partie de tous les jours. Mais Toine semblait n'y prendre aucun plaisir et n'avançait la main qu'avec des lenteurs et 220 des précautions infinies.

"T'as donc l'bras noué?" demandait Horslaville.

Toine répondit:

"J'ai quasiment t'une lourdeur dans l'épaule."

Soudain, on entendit entrer dans le café, les joueurs se turent.

C'était le maire avec l'adjoint. Ils demandèrent deux verres de fine et se mirent à causer des affaires du pays. Comme ils parlaient à voix basse, Toine Brûlot voulut coller son oreille contre le mur, et, oubliant ses œufs, il fit un brusque "va-t-au nord" qui le coucha 230 sur une omelette.

Au juron qu'il poussa, la mère Toine accourut, et devinant le désastre, le découvrit d'une secousse. Elle demeura d'abord immobile, indignée, trop suffoquée pour parler devant le cataplasme jaune collé sur le flanc de son homme.

Puis, frémissant de fureur, elle se rua sur le paralytique et se mit à lui taper de grands coups sur le ventre, comme lorsqu'elle lavait son linge au bord de la mare. Ses mains tombaient l'une après l'autre avec un bruit sourd, rapides comme les pattes d'un lapin qui bat du tambour. 240

Les trois amis de Toine riaient à suffoquer, toussant, éternuant, poussant des cris, et le gros homme effaré parait les attaques de sa femme avec prudence, pour ne point casser encore les cinq œufs qu'il avait de l'autre côté.

III

Toine fut vaincu. Il dut couver, il dut renoncer aux parties de dominos, renoncer à tout mouvement, car la vieille le privait de nourriture avec férocité chaque fois qu'il cassait un œuf.

Il demeurait sur le dos, l'œil au plafond, immobile, les bras soulevés comme des ailes, échauffant contre lui les germes de volailles enfermés dans les coques blanches. 250

Il ne parlait plus qu'à voix basse comme s'il eût craint le bruit autant que le mouvement, et il s'inquiétait de la couveuse jaune qui accomplissait dans le poulailler la même besogne que lui.

Il demandait à sa femme:

"La jaune a-t-elle mangé anuit?"

Et la vieille allait de ses poules à son homme et de son homme à ses poules, obsédée, possédée par la préoccupation des petits poulets qui mûrissaient dans le lit et dans le nid.

Les gens du pays qui savaient l'histoire s'en venaient, curieux et sérieux, prendre des nouvelles de Toine. Ils entraient à pas légers 260 comme on entre chez les malades et demandaient avec intérêt:

"Eh bien! ça va-t-il?"

Toine répondait:

"Pour aller, ça va, mais j'ai maujeure tant que ça m'échauffe. J'ai des fremis qui me galopent sur la peau."

Or, un matin, sa femme entra très émue et déclara:

"La jaune en a sept. Y avait trois œufs de mauvais."

Toine sentit battre son cœur. — Combien en aurait-il, lui? Il demanda:

"Ce sera tantôt?" avec une angoisse de femme qui va devenir 270 mère.

La vieille répondit d'un air furieux, torturée par la crainte d'un insuccès:

"Faut croire!"

Ils attendirent. Les amis prévenus que les temps étaient proches arrivèrent bientôt inquiets eux-mêmes.

On en jasait dans les maisons. On allait s'informer aux portes voisines.

Vers trois heures, Toine s'assoupit. Il dormait maintenant la moitié des jours. Il fut réveillé soudain par un chatouillement inusité 280 sous le bras droit. Il y porta aussitôt la main gauche et saisit une bête couverte de duvet jaune, qui remuait dans ses doigts.

Son émotion fut telle, qu'il se mit à pousser des cris, et il lâcha le poussin qui courut sur sa poitrine. Le café était plein de monde. Les buveurs se précipitèrent, envahirent la chambre, firent cercle comme autour d'un saltimbanque, et la vieille étant arrivée cueillit avec précaution la bestiole blottie sous la barbe de son mari.

Personne ne parlait plus. C'était par un jour chaud d'avril. On entendait par la fenêtre ouverte glousser la poule jaune appelant ses 290 nouveau-nés.

Toine, qui suait d'émotion, d'angoisse, d'inquiétude, murmura:

"J'en ai encore un sous le bras gauche, à c't'heure."

Sa femme plongea dans le lit sa grande main maigre, et ramena un second poussin, avec des mouvements soigneux de sage-femme.

Les voisins voulurent le voir. On se le repassa en le considérant attentivement comme s'il eût été un phénomène.

Pendant vingt minutes, il n'en naquit pas, puis quatre sortirent en même temps de leurs coquilles.

Ce fut une grande rumeur parmi les assistants. Et Toine sou- 300 rit, content de son succès, commençant à s'enorgueillir de cette paternité singulière. On n'en avait pas souvent vu comme lui, tout de même! C'était un drôle d'homme, vraiment!

Il déclara:

"Ça fait six. Nom de nom, qué baptême!"

Et un grand rire s'éleva dans le public. D'autres personnes emplissaient le café. D'autres encore attendaient devant la porte. On se demandait:

"Combien qu'i en a?

— Y en a six." 310

La mère Toine portait à la poule cette famille nouvelle, et la poule gloussait éperdument, hérissait ses plumes, ouvrait les ailes toutes grandes pour abriter la troupe grossissante de ses petits.

"En v'là encore un!" cria Toine.

Il s'était trompé, il y en avait trois! Ce fut un triomphe! Le dernier creva son enveloppe à sept heures du soir. Tous les œufs étaient bons! Et Toine affolé de joie, délivré, glorieux, baisa sur le dos le frêle animal, faillit l'étouffer avec ses lèvres. Il voulut le garder dans son lit, celui-là, jusqu'au lendemain, saisi par une tendresse de mère pour cet être si petiot qu'il avait donné à la vie; mais la vieille 320 l'emporta comme les autres sans écouter les supplications de son homme.

Les assistants, ravis, s'en allèrent en devisant de l'événement, et Horslaville resté le dernier, demanda:

"Dis donc, pé Toine, tu m'invites à fricasser l'premier, pas vrai?"

A cette idée de fricassée, le visage de Toine s'illumina, et le gros homme répondit:

"Pour sûr que je t'invite, mon gendre."

(6 janvier 1885)

74

AMOUR

Je viens de lire dans un fait divers de journal un drame de passion. Il l'a tuée, puis il s'est tué, donc il l'aimait. Qu'importent Il et Elle? Leur amour seul m'importe; et il ne m'intéresse point parce qu'il m'attendrit ou parce qu'il m'étonne, ou parce qu'il m'émeut ou parce qu'il me fait songer, mais parce qu'il me rappelle un souvenir de ma jeunesse, un étrange souvenir de chasse où m'est apparu l'Amour comme apparaissaient aux premiers chrétiens des croix au milieu du ciel.

Je suis né avec tous les instincts et les sens de l'homme primitif, tempérés par des raisonnements et des émotions de civilisé. J'aime la chasse avec passion; et la bête saignante, le sang sur les plumes, le sang sur mes mains, me crispent le cœur à le faire défaillir.

Cette année-là, vers la fin de l'automne, les froids arrivèrent brusquement, et je fus appelé par un de mes cousins Karl de Rauville, pour venir avec lui tuer des canards dans les marais, au lever du jour.

Mon cousin, gaillard de quarante ans, roux, très fort et très barbu, gentilhomme de campagne, demi-brute aimable, d'un caractère gai, doué de cet esprit gaulois qui rend agréable la médiocrité, habitait une sorte de ferme-château dans une vallée large où coulait une rivière. Des bois couvraient les collines de droite et de gauche, vieux bois seigneuriaux où restaient des arbres magnifiques et où l'on trouvait les plus rares gibiers à plume de toute cette partie de la France. On y tuait des aigles quelquefois; et les oiseaux de passage, ceux qui presque jamais ne viennent en nos pays trop peuplés, s'arrêtaient presque infailliblement dans ces branchages séculaires comme s'ils eussent connu ou reconnu un petit coin de forêt des anciens temps demeuré là pour leur servir d'abri en leur courte étape nocturne.

Dans la vallée, c'étaient de grands herbages arrosés par des rigoles et séparés par des haies; puis, plus loin, la rivière, canalisée jusque-là, s'épandait en un vaste marais. Ce marais, la plus admirable région de chasse que j'aie jamais vue, était tout le souci de mon cousin qui l'entretenait comme un parc. A travers l'immense peuple de roseaux qui le couvrait, le faisait vivant, bruissant, houleux, on avait tracé d'étroites avenues où les barques plates, conduites et dirigées avec des perches, passaient, muettes, sur l'eau morte, frôlaient les joncs, faisaient fuir les poissons rapides à travers les herbes et plonger les poules sauvages dont la tête noire et pointue disparaissait brusquement. 40

J'aime l'eau d'une passion désordonnée : la mer, bien que trop grande, trop remuante, impossible à posséder, les rivières si jolies mais qui passent, qui fuient, qui s'en vont, et les marais surtout où palpite toute l'existence inconnue des bêtes aquatiques. Le marais, c'est un monde entier sur la terre, monde différent, qui a sa vie propre, ses habitants sédentaires, et ses voyageurs de passage, ses voix, ses bruits et son mystère surtout. Rien n'est plus troublant, plus inquiétant, plus effrayant, parfois, qu'un marécage. Pourquoi 50 cette peur qui plane sur ces plaines basses couvertes d'eau ? Sont-ce les vagues rumeurs des roseaux, les étranges feux follets, le silence profond qui les enveloppe dans les nuits calmes, ou bien les brumes bizarres, qui traînent sur les joncs comme des robes de mortes, ou bien encore l'imperceptible clapotement, si léger, si doux, et plus terrifiant parfois que le canon des hommes ou que le tonnerre du ciel, qui fait ressembler les marais à des pays de rêve, à des pays redoutables, cachant un secret inconnaissable et dangereux.

Non. Autre chose s'en dégage, un autre mystère, plus profond, plus grave, flotte dans les brouillards épais, le mystère même de la 60 création peut-être ! Car n'est-ce pas dans l'eau stagnante et fangeuse, dans la lourde humidité des terres mouillées sous la chaleur du soleil, que remua, que vibra, que s'ouvrit au jour le premier germe de vie ?

J'arrivai le soir chez mon cousin. Il gelait à fendre les pierres.

Pendant le dîner, dans la grande salle dont les buffets, les murs, le plafond étaient couverts d'oiseaux empaillés, aux ailes étendues, ou perchés sur des branches accrochées par des clous, éperviers, hérons, hiboux, engoulevents, buses, tiercelets, vautours, faucons, mon cousin, pareil lui-même à un étrange animal des pays froids, 70 vêtu d'une jaquette en peau de phoque, me racontait les dispositions qu'il avait prises pour cette nuit même.

Nous devions partir à trois heures et demie du matin, afin

d'arriver vers quatre heures et demie au point choisi pour notre affût. On avait construit à cet endroit une hutte avec des morceaux de glace pour nous abriter un peu contre le vent terrible qui précède le jour, ce vent chargé de froid qui déchire la chair comme des scies, la coupe comme des lames, la pique comme des aiguillons empoisonnés, la tord comme des tenailles, et la brûle comme du feu.

Mon cousin se frottait les mains: "Je n'ai jamais vu une gelée 80 pareille, disait-il, nous avions déjà douze degrés sous zéro à six heures du soir."

J'allai me jeter sur mon lit aussitôt après le repas, et je m'endormis à la lueur d'une grande flamme flambant dans ma cheminée.

A trois heures sonnantes on me réveilla. J'endossai, à mon tour, une peau de mouton et je trouvai mon cousin Karl couvert d'une fourrure d'ours. Après avoir avalé chacun deux tasses de café brûlant suivies de deux verres de fine champagne, nous partîmes accompagnés d'un garde et de nos chiens: Plongeon et Pierrot.

Dès les premiers pas dehors, je me sentis glacé jusqu'aux os. 90 C'était une de ces nuits où la terre semble morte de froid. L'air gelé devient résistant, palpable tant il fait mal; aucun souffle ne l'agite; il est figé, immobile; il mord, traverse, dessèche, tue les arbres, les plantes, les insectes, les petits oiseaux eux-mêmes qui tombent des branches sur le sol dur, et deviennent durs aussi, comme lui, sous l'étreinte du froid.

La lune, à son dernier quartier, toute penchée sur le côté, toute pâle, paraissait défaillante au milieu de l'espace, et si faible qu'elle ne pouvait plus s'en aller, qu'elle restait là-haut, saisie aussi, paralysée par la rigueur du ciel. Elle répandait une lumière sèche et triste 100 sur le monde, cette lueur mourante et blafarde qu'elle nous jette chaque mois, à la fin de sa résurrection.

Nous allions, côte à côte, Karl et moi, le dos courbé, les mains dans nos poches et le fusil sous le bras. Nos chaussures enveloppées de laine afin de pouvoir marcher sans glisser sur la rivière gelée ne faisaient aucun bruit; et je regardais la fumée blanche que faisait l'haleine de nos chiens.

Nous fûmes bientôt au bord du marais, et nous nous engageâmes dans une des allées de roseaux secs qui s'avançait à travers cette forêt basse. 110

Nos coudes, frôlant les longues feuilles en rubans, laissaient derrière nous un léger bruit; et je me sentis saisi, comme je ne l'avais jamais été, par l'émotion puissante et singulière que font naître en moi les marécages. Il était mort, celui-là, mort de froid, puisque nous marchions dessus, au milieu de son peuple de joncs desséchés.

Tout à coup, au détour d'une des allées, j'aperçus la hutte de glace qu'on avait construite pour nous mettre à l'abri. J'y entrai, et comme nous avions encore près d'une heure à attendre le réveil des oiseaux errants, je me roulai dans ma couverture pour essayer de me réchauffer.   120

Alors, couché sur le dos, je me mis à regarder la lune déformée, qui avait quatre cornes à travers les parois vaguement transparentes de cette maison polaire.

Mais le froid du marais gelé, le froid de ces murailles, le froid tombé du firmament me pénétra bientôt d'une façon si terrible, que je me mis à tousser.

Mon cousin Karl fut pris d'inquiétude: "Tant pis si nous ne tuons pas grand'chose aujourd'hui, dit-il, je ne veux pas que tu t'enrhumes; nous allons faire de feu." Et il donna l'ordre au garde de couper des roseaux.   130

On en fit un tas au milieu de notre hutte défoncée au sommet pour laisser échapper la fumée; et lorsque la flamme rouge monta le long des cloisons claires de cristal, elles se mirent à fondre, doucement, à peine, comme si ces pierres de glace avaient sué. Karl, resté dehors, me cria: "Viens donc voir!" Je sortis et je restai éperdu d'étonnement. Notre cabane, en forme de cône, avait l'air d'un monstrueux diamant au cœur de feu poussé soudain sur l'eau gelée du marais. Et dedans, on voyait deux formes fantastiques, celles de nos chiens qui se chauffaient.

Mais un cri bizarre, un cri perdu, un cri errant, passa sur nos têtes. La lueur de notre foyer réveillait les oiseaux sauvages.   140

Rien ne m'émeut comme cette première clameur de vie qu'on ne voit point et qui court dans l'air sombre, si vite, si loin, avant qu'apparaisse à l'horizon la première clarté des jours d'hiver. Il me semble à cette heure glaciale de l'aube, que ce cri fuyant emporté par les plumes d'une bête est un soupir de l'âme du monde!

Karl disait: "Éteignez le feu. Voici l'aurore."

Le ciel en effet commençait à pâlir, et les bandes de canards traînaient de longues taches rapides, vite effacées, sur le firmament.

Une lueur éclata dans la nuit, Karl venait de tirer; et les deux   150
chiens s'élancèrent.

Alors, de minute en minute, tantôt lui et tantôt moi, nous ajustions vivement dès qu'apparaissait au-dessus des roseaux l'ombre d'une tribu volante. Et Pierrot et Plongeon, essoufflés et joyeux, nous rapportaient des bêtes sanglantes dont l'œil quelquefois nous regardait encore.

Le jour s'était levé, un jour clair et bleu ; le soleil apparaissait au fond de la vallée et nous songions à repartir, quand deux oiseaux, le col droit et les ailes tendues, glissèrent brusquement sur nos têtes. Je tirai. Un d'eux tomba presque à mes pieds. C'était une sarcelle 160 au ventre d'argent. Alors, dans l'espace au-dessus de moi, une voix, une voix d'oiseau cria. Ce fut une plainte courte, répétée, déchirante ; et la bête, la petite bête épargnée se mit à tourner dans le bleu du ciel au-dessus de nous en regardant sa compagne morte que je tenais entre mes mains.

Karl, à genoux, le fusil à l'épaule, l'œil ardent, la guettait, attendant qu'elle fût assez proche.

"Tu as tué la femelle, dit-il, le mâle ne s'en ira pas."

Certes, il ne s'en allait point ; il tournoyait toujours, et pleurait autour de nous. Jamais gémissement de souffrance ne me déchira le 170 cœur comme l'appel désolé, comme le reproche lamentable de ce pauvre animal perdu dans l'espace.

Parfois, il s'enfuyait sous la menace du fusil qui suivait son vol ; il semblait prêt à continuer sa route, tout seul à travers le ciel. Mais ne s'y pouvant décider il revenait bientôt pour chercher sa femelle.

"Laisse-la par terre, me dit Karl, il approchera tout à l'heure."

Il approchait, en effet, insouciant du danger, affolé par son amour de bête pour l'autre bête que j'avais tuée.

Karl tira ; ce fut comme si on avait coupé la corde qui tenait suspendu l'oiseau. Je vis une chose noire qui tombait ; j'entendis dans 180 les roseaux le bruit d'une chute. Et Pierrot me le rapporta.

Je les mis, froids déjà, dans le même carnier... et je repartis, ce jour-là, pour Paris.

.   .   .   .

(*7 décembre 1886*)

VOYAGE DE SANTÉ

Monsieur Panard était un homme prudent qui avait peur de tout dans la vie. Il avait peur des tuiles, des chutes, des fiacres, des chemins de fer, de tous les accidents possibles, mais surtout des maladies.

Il avait compris, avec une extrême prévoyance, combien notre existence est menacée sans cesse par tout ce qui nous entoure. La vue d'une marche le faisait penser aux entorses, aux bras et aux jambes cassés, la vue d'une vitre aux affreuses blessures par le verre, la vue d'un chat, aux yeux crevés; et il vivait avec une prudence méticuleuse, une prudence réfléchie, patiente, complète.

Il disait à sa femme, une brave femme qui se prêtait à ses manies : "Songe, ma bonne, comme il faut peu de chose pour estropier ou pour détruire un homme. C'est effrayant d'y penser. On sort bien portant; on traverse une rue, une voiture arrive et vous passe dessus; ou bien on s'arrête cinq minutes sous une porte cochère à causer avec un ami; et on ne sent pas un petit courant d'air qui vous glisse le long du dos et vous flanque une fluxion de poitrine. Et cela suffit. C'en est fait de vous."

Il s'intéressait d'une façon particulière à l'article *Santé Publique*, dans les journaux; connaissait le chiffre normal des morts en temps ordinaire, suivant les saisons, la marche et les caprices des épidémies, leurs symptômes, leur durée probable, la manière de les prévenir, de les arrêter, de les soigner. Il possédait une bibliothèque médicale de tous les ouvrages relatifs aux traitements mis à la portée du public par les médecins vulgarisateurs et pratiques.

Il avait cru à Raspail, à l'homéopathie, à la médecine dosimétrique, à la métallothérapie, à l'électricité, au massage, à tous les systèmes qu'on suppose infaillibles, pendant six mois, contre tous les maux. Aujourd'hui, il était un peu revenu de sa confiance, et il pensait avec sagesse que le meilleur moyen d'éviter les maladies consiste à les fuir.

Or, vers le commencement de l'hiver dernier, M. Panard apprit par son journal que Paris subissait une légère épidémie de fièvre typhoïde: une inquiétude aussitôt l'envahit, qui devint, en peu de temps, une obsession. Il achetait, chaque matin, deux ou trois feuilles pour faire une moyenne avec leurs renseignements contradictoires; et il fut bien vite convaincu que son quartier était particulièrement éprouvé. 40

Alors il alla voir son médecin pour lui demander conseil. Que devait-il faire? rester ou s'en aller? Sur les réponses évasives du docteur, M. Panard conclut qu'il y avait danger et il se résolut au départ. Il rentra donc pour délibérer avec sa femme. Où iraient-ils?

Il demandait:

"Penses-tu, ma bonne, que Pau soit ce qu'il nous faut?"

Elle avait envie de voir Nice et répondit:

"On prétend qu'il y fait assez froid, à cause du voisinage des Pyrénées. Cannes doit être plus sain, puisque les princes d'Orléans y vont." 50

Ce raisonnement convainquit son mari. Il hésitait encore un peu, cependant.

"Oui, mais la Méditerranée a le choléra depuis deux ans.

— Ah! mon ami, il n'y est jamais pendant l'hiver. Songe que le monde entier se donne rendez-vous sur cette côte.

— Ça, c'est vrai. Dans tous les cas, emporte des désinfectants, et prends soin de faire compléter ma pharmacie de voyage."

Ils partirent un lundi matin. En arrivant à la gare, Madame Panard remit à son mari sa valise personnelle: 60

"Tiens, dit-elle, voilà tes affaires de santé bien en ordre.

— Merci, ma bonne."

Et ils montèrent dans le train.

Après avoir lu beaucoup d'ouvrages sur les stations hygiéniques de la Méditerranée, ouvrages écrits par les médecins de chaque ville du littoral, et dont chacun exaltait sa plage au détriment des autres, M. Panard, qui avait passé par les plus grandes perplexités, venait enfin de se décider pour Saint-Raphaël, par cette seule raison qu'il avait vu, parmi les noms des principaux propriétaires, ceux de plusieurs professeurs de la Faculté de médecine de Paris. 70

S'ils habitaient là, c'était assurément que le pays était sain.

Donc il descendit à Saint-Raphaël et se rendit immédiatement dans un hôtel dont il avait lu le nom dans le guide Sarty, qui est le Conty des stations d'hiver de cette côte.

Déjà des préoccupations nouvelles l'assaillaient. Quoi de moins sûr qu'un hôtel, surtout dans ce pays recherché par les poitrinaires? Combien de malades, et quels malades, ont couché sur ces matelas, dans ces couvertures, sur ces oreillers, laissant aux laines, aux plumes, aux toiles, mille germes imperceptibles venus de leur peau, de leur haleine, de leurs fièvres? Comment oserait-il se coucher dans ces lits suspects, dormir avec le cauchemar d'un homme agonisant sur la même couche, quelques jours plus tôt? 80

Alors une idée l'illumina. Il demanderait une chambre au nord, tout à fait au nord, sans aucun soleil, sûr qu'aucun malade n'aurait pu habiter là.

On lui ouvrit donc un grand appartement glacial, qu'il jugea, au premier coup d'œil, présenter toute sécurité, tant il semblait froid et inhabitable. 90

Il y fit allumer du feu. Puis on y monta ses colis.

Il se promenait à pas rapides, de long en large, un peu inquiet à l'idée d'un rhume possible, et il disait à sa femme:

"Vois-tu, ma bonne, le danger de ces pays-ci c'est d'habiter des pièces fraîches, rarement occupées. On y peut prendre des douleurs. Tu serais bien gentille de défaire nos malles."

Elle commençait, en effet, à vider les malles et à emplir les armoires et la commode quand M. Panard s'arrêta net dans sa promenade et se mit à renifler avec force comme un chien qui évente un gibier. 100

Il reprit, troublé soudain:

"Mais on sent... on sent le malade ici... on sent la drogue... je suis sûr qu'on sent la drogue... certes, il y a eu un... un... un poitrinaire dans cette chambre. Tu ne sens pas, dis, ma bonne?"

Madame Panard flairait à son tour. Elle répondit:

"Oui, ça sent un peu le... le... je ne reconnais pas bien l'odeur, enfin ça sent le remède."

Il s'élança sur le timbre, sonna; et quand le garçon parut:

"Faites venir tout de suite le patron, s'il vous plaît."

Le patron vint presque aussitôt, saluant, le sourire aux lèvres. 110

M. Panard, le regardant au fond des yeux, lui demanda brusquement:

"Quel est le dernier voyageur qui a couché ici!"

Le maître d'hôtel, surpris d'abord, cherchait à comprendre l'intention, la pensée, ou le soupçon de son client, puis, comme il fallait répondre, et comme personne n'avait couché dans cette chambre depuis plusieurs mois, il dit :

"C'est M. le Comte de la Roche-Limonière.

— Ah! un Français?

— Non, Monsieur, un... un... un Belge. 120

— Ah! et il se portait bien?

— Oui, c'est-à-dire non, il souffrait beaucoup en arrivant ici; mais il est parti tout à fait guéri.

— Ah! Et de quoi souffrait-il?

— De douleurs.

— Quelles douleurs? .

— De douleurs... de douleurs de foie.

— Très bien, Monsieur, je vous remercie. Je comptais rester quelque temps ici; mais je viens de changer d'avis. Je partirai tout à l'heure, avec Madame Panard. 130

— Mais... Monsieur...

— C'est inutile, Monsieur, nous partirons. Envoyez la note. Omnibus, chambre et service."

Le patron, effaré, se retira, tandis que M. Panard disait à sa femme :

"Hein, ma bonne, l'ai-je dépisté? As-tu vu comme il hésitait... douleurs... douleurs... douleurs de foie... je t'en fiche des douleurs de foie!"

M. et Madame Panard arrivèrent à Cannes à la nuit, soupèrent et se couchèrent aussitôt. 140

Mais à peine furent-ils au lit, que M. Panard s'écria :

"Hein, l'odeur, la sens-tu, cette fois? Mais... mais c'est de l'acide phénique, ma bonne...; on a désinfecté cet appartement."

Il s'élança de sa couche, se rhabilla avec promptitude, et, comme il était trop tard pour appeler personne, il se décida aussitôt à passer la nuit sur un fauteuil. Madame Panard, malgré les sollicitations de son mari, refusa de l'imiter et demeura dans ses draps où elle dormit avec bonheur, tandis qu'il murmurait les reins cassés :

"Quel pays! quel affreux pays! Il n'y a que des malades dans tous 150 ces hôtels."

Dès l'aurore, le patron fut mandé.

"Quel est le dernier voyageur qui a habité cet appartement?

— Le Grand-duc de Bade et Magdebourg, Monsieur, un cousin de l'empereur de... de... Russie.

— Ah! et il se portait bien?

— Très bien, Monsieur.

— Tout à fait bien?

— Tout à fait bien.

— Cela suffit, monsieur l'Hôtelier; Madame et moi nous partons 160 pour Nice à midi.

— Comme il vous plaira, Monsieur."

Et le patron, furieux, se retira, tandis que M. Panard disait à Madame Panard:

"Hein! quel farceur! Il ne veut pas même avouer que son voyageur était malade! malade! Ah, oui! malade! Je te réponds bien qu'il y est mort, celui-là! Dis, sens-tu l'acide phénique, le sens-tu?

— Oui, mon ami!

— Quels gredins, ces maîtres d'hôtel! Pas même malade, son macch'abée! Quels gredins!" 170

Ils prirent le train d'une heure trente. L'odeur les suivit dans le wagon.

Très inquiet, M. Panard murmurait: "On sent toujours. Ça doit être une mesure d'hygiène générale dans le pays. Il est probable qu'on arrose les rues, les parquets et les wagons avec de l'eau phéniquée par ordre des médecins et des municipalités."

Mais quand ils furent dans l'hôtel de Nice, l'odeur devint intolérable.

Panard, atterré, errait par sa chambre, ouvrant les tiroirs, visitant les coins obscurs, cherchant au fond des meubles. Il découvrit dans 180 l'armoire à glace un vieux journal, y jeta les yeux au hasard, et lut: "Les bruits malveillants qu'on avait fair courir sur l'état sanitaire de notre ville sont dénués de tout fondement. Aucun cas de choléra n'a été signalé à Nice ou aux environs..."

Il fit un bond et s'écria:

"Madame Panard... Madame Panard... c'est le choléra... le choléra... le choléra... j'en étais sûr... Ne défaites pas nos malles... nous retournons à Paris tout de suite... tout de suite."...

Une heure plus tard, ils reprenaient le rapide, enveloppés dans une odeur asphyxiante de phénol. 190

Aussitôt rentré chez lui, Panard jugea bon de prendre quelques gouttes d'un anticholérique énergique et il ouvrit la valise qui contenait ses médicaments. Une vapeur suffocante s'en échappa. Sa fiole d'acide phénique s'était brisée et le liquide répandu avait brûlé tout le dedans du sac.

Alors sa femme, saisie d'un fou rire, s'écria: "Ah!... ah!... ah!... mon ami... le voilà... le voilà, ton choléra!..."

(18 avril 1886)

L'HOMME DE MARS

J'étais en train de travailler quand mon domestique annonça:
"Monsieur, c'est un monsieur qui demande à parler à Monsieur.
— Faites entrer."

J'aperçus un petit homme qui saluait. Il avait l'air d'un chétif maître d'études à lunettes, dont le corps fluet n'adhérait de nulle part à ses vêtements trop larges.

Il balbutia:
"Je vous demande pardon, Monsieur, bien pardon de vous déranger."

Je dis:
"Asseyez-vous, Monsieur."

Il s'assit et reprit:
"Mon Dieu, Monsieur, je suis très troublé par la démarche que j'entreprends. Mais il fallait absolument que je visse quelqu'un, il n'y avait que vous... que vous... Enfin, j'ai pris du courage... mais vráiment... je n'ose plus.

— Osez donc, Monsieur.

— Voilà, Monsieur, c'est que, dès que j'aurai commencé à parler, vous allez me prendre pour un fou.

— Mon Dieu, Monsieur, cela dépend de ce que vous allez me dire.

— Justement, Monsieur, ce que je vais vous dire est bizarre. Mais je vous prie de considérer que je ne suis pas fou, précisément par cela même que je constate l'étrangeté de ma confidence.

— Eh bien, Monsieur, allez.

— Non, Monsieur, je ne suis pas fou, mais j'ai l'air fou des hommes qui ont réfléchi plus que les autres et qui ont franchi un peu, si peu, les barrières de la pensée moyenne. Songez donc, Monsieur, que personne ne pense à rien dans ce monde. Chacun s'occupe de *ses* affaires, de *sa* fortune, de *ses* plaisirs, de *sa* vie enfin, ou de petites bêtises amusantes comme le théâtre, la peinture, la musique ou de la politique, la plus vaste des niaiseries, ou de questions industrielles. Mais qui donc pense? Qui donc? Personne! Oh! je m'emballe! Pardon. Je retourne à mes moutons.

"Voilà cinq ans que je viens ici, Monsieur. Vous ne me connaissez pas, mais moi je vous connais très bien… Je ne me mêle jamais au public de votre plage ou de votre casino. Je vis sur les falaises, j'adore positivement ces falaises d'Étretat. Je n'en connais pas de plus belles, de plus saines. Je veux dire saines pour l'esprit. C'est une admirable route entre le ciel et la mer, une route de gazon, qui court sur cette grande muraille, au bord de la terre, au-dessus de l'Océan. Mes meilleurs jours sont ceux que j'ai passés, étendu sur une pente d'herbes, en plein soleil, à cent mètres au-dessus des vagues, à rêver. Me comprenez-vous?

— Oui, Monsieur, parfaitement.

— Maintenant, voulez-vous me permettre de vous poser une question?

— Posez, Monsieur.

— Croyez-vous que les autres planètes soient habitées?"

Je répondis sans hésiter et sans paraître surpris:

"Mais, certainement, je le crois."

Il fut ému d'une joie véhémente, se leva, se rassit, saisi par l'envie évidente de me serrer dans ses bras, et il s'écria:

"Ah! ah! quelle chance! quel bonheur! je respire! Mais comment ai-je pu douter de vous? Un homme ne serait pas intelligent s'il ne croyait pas les mondes habités. Il faut être un sot, un crétin, un idiot, une brute, pour supposer que les milliards d'univers brillent et tournent uniquement pour amuser et étonner l'homme, cet insecte imbécile, pour ne pas comprendre que la terre n'est rien qu'une poussière invisible dans la poussière des mondes, que notre système tout entier n'est rien que quelques molécules de vie sidérale qui mourront bientôt. Regardez la voie lactée, ce fleuve d'étoiles, et songez que ce n'est rien qu'une tache dans l'étendue qui est *infinie*. Songez à cela seulement dix minutes et vous comprendrez pourquoi nous ne savons rien, nous ne devinons rien, nous ne comprenons rien. Nous ne connaissons qu'un point, nous ne savons rien au delà, rien au dehors, rien de nulle part, et nous croyons, et nous affirmons. Ah! ah! ah!!! S'il nous était révélé tout à coup, ce secret de la grande vie ultra-terrestre, quel étonnement! Mais non… mais non… je suis une bête à mon tour, nous ne le comprendrions pas, car notre esprit n'est fait que pour comprendre les choses de cette terre; il ne peut s'étendre plus loin, il est limité, comme notre vie, enchaîné sur cette petite boule, qui nous porte, et il juge tout par

comparaison. Voyez donc, Monsieur, comme tout le monde est sot,
étroit et persuadé de la puissance de notre intelligence, qui dépasse
à peine l'instinct des animaux. Nous n'avons même pas la faculté
de percevoir notre infirmité, nous sommes faits pour savoir le prix
du beurre et du blé, et, au plus, pour discuter sur la valeur de deux
chevaux, de deux bateaux, de deux ministres ou de deux artistes.   80

"C'est tout. Nous sommes aptes tout juste à cultiver la terre et à
nous servir maladroitement de ce qui est dessus. A peine commen-
çons-nous à construire des machines qui marchent, nous nous éton-
nons comme des enfants à chaque découverte que nous aurions dû
faire depuis des siècles, si nous avions été des êtres supérieurs.
Nous sommes encore entourés d'inconnu, même en ce moment où
il a fallu des milliers d'années de·vie intelligente pour soupçonner
l'électricité. Sommes-nous du même avis?"

Je répondis en riant:

"Oui, Monsieur.   90

— Très bien, alors. Eh bien, Monsieur, vous êtes-vous quelquefois occupé de Mars?

— De Mars?

— Oui, de la planète Mars?

— Non, Monsieur.

— Voulez-vous me permettre de vous en dire quelques mots?

— Mais oui, Monsieur, avec grand plaisir.

— Vous savez sans doute que les mondes de notre système, de
notre petite famille, ont été formés par la condensation en globes
d'anneaux gazeux primitifs, détachés l'un après l'autre de la   100
nébuleuse solaire?

— Oui, Monsieur.

— Il résulte de cela que les planètes les plus éloignées sont les
plus vieilles, et doivent être, par conséquent, les plus civilisées.
Voici l'ordre de leur naissance: Uranus, Saturne, Jupiter, Mars, la
Terre, Vénus, Mercure. Voulez-vous admettre que ces planètes
soient habitées comme la terre?

— Mais certainement. Pourquoi croire que la terre est une
exception?

— Très bien. L'homme de Mars étant plus ancien que l'homme   110
de la Terre... Mais je vais trop vite. Je veux d'abord vous prouver
que Mars est habité. Mars présente à nos yeux à peu près l'aspect
que la Terre doit présenter aux observateurs martiaux. Les océans

y tiennent moins de place et y sont plus éparpillés. On les reconnaît à leur teinte noire parce que l'eau absorbe la lumière, tandis que les continents la réfléchissent. Les modifications géographiques sont fréquentes sur cette planète et prouvent l'activité de sa vie. Elle a des saisons semblables aux nôtres, des neiges aux pôles que l'on voit croître et diminuer suivant les époques. Son année est très longue, six cent quatre-vingt-sept jours terrestres, soit six cent 120 soixante-huit jours martiaux, décomposés comme suit : cent quatre-vingt-onze pour le printemps, cent quatre-vingt-un pour l'été, cent quarante-neuf pour l'automne et cent quarante-sept pour l'hiver. On y voit moins de nuages que chez nous. Il doit y faire par conséquent plus froid et plus chaud."

Je l'interrompis.

"Pardon, Monsieur, Mars étant beaucoup plus loin que nous du soleil, il doit y faire toujours plus froid, me semble-t-il."

Mon bizarre visiteur s'écria avec une grande véhémence :

"Erreur, Monsieur! Erreur, erreur absolue! Nous sommes, 130 nous autres, plus loin du soleil en été qu'en hiver. Il fait plus froid sur le sommet du Mont Blanc qu'à son pied. Je vous renvoie d'ailleurs à la théorie mécanique de la chaleur de Helmotz et de Schiaparelli. La chaleur de sol dépend principalement de la quantité de vapeur d'eau que contient l'atmosphère. Voici pourquoi : le pouvoir absorbant d'une molécule de vapeur aqueuse est seize mille fois supérieur à celui d'une molécule d'air sec, donc la vapeur d'eau est notre magasin de chaleur ; et Mars ayant moins de nuages, doit être en même temps beaucoup plus chaud et beaucoup plus froid que la terre. 140

— Je ne le conteste plus.

— Fort bien. Maintenant, Monsieur, écoutez-moi avec une grande attention. Je vous prie.

— Je ne fais que cela, Monsieur.

— Vous avez entendu parler des fameux canaux découverts en 1884, par M. Schiaparelli?

— Très peu.

— Est-ce possible! Sachez donc qu'en 1884, Mars se trouvant en opposition et séparée de nous par une distance de vingt-quatre millions de lieues seulement, M. Schiaparelli, un des plus éminents 150 astronomes de notre siècle et un des observateurs les plus sûrs, découvrit tout à coup une grande quantité de lignes noires droites ou brisées suivant des formes géométriques constantes, et qui unissaient, à travers les continents, les mers de Mars! Oui, oui, Monsieur, des canaux rectilignes, des canaux géométriques, d'une largeur égale sur tout leur parcours, des canaux construits par des êtres! Oui, Monsieur, la preuve que Mars est habitée, qu'on y vit, qu'on y pense, qu'on y travaille, qu'on nous regarde: comprenez-vous, comprenez-vous?

"Vingt-six mois plus tard, lors de l'opposition suivante on a revu 160 ces canaux, plus nombreux, oui, Monsieur. Et ils sont gigantesques, leur largeur n'ayant pas moins de cent kilomètres."

Je souris en répondant:

"Cent kilomètres de largeur. Il a fallu de rudes ouvriers pour les creuser.

— Oh, Monsieur, que dites-vous là? Vous ignorez donc que ce travail est infiniment plus aisé sur Mars que sur la Terre puisque la densité de ses matériaux constitutifs ne dépasse pas le soixante-neuvième des nôtres! L'intensité de la pesanteur y atteint à peine le trente-septième de la nôtre. 170

"Un kilogramme d'eau n'y pèse que trois cent soixante-dix grammes!"

Il me jetait ces chiffres avec une telle assurance, avec une telle confiance de commerçant qui sait la valeur d'un nombre, que je ne pus m'empêcher de rire tout à fait et j'avais envie de lui demander ce que pèsent, sur Mars, le sucre et le beurre.

Il remua la tête.

"Vous riez, Monsieur, vous me prenez pour un imbécile après m'avoir pris pour un fou. Mais les chiffres que je vous cite sont ceux que vous trouverez dans tous les ouvrages spéciaux d'astro- 180 nomie. Le diamètre de Mars est presque moitié plus petit que le nôtre; sa surface n'a que les vingt-six centièmes de celle du globe; son volume est six fois et demie plus petit que celui de la Terre et la vitesse de ses deux satellites prouve qu'il pèse dix fois moins que nous. Or, Monsieur, l'intensité de la pesanteur dépendant de la masse et du volume, c'est-à-dire du poids et de la distance de la surface au centre, il en résulte indubitablement sur cette planète un état de légèreté qui y rend la vie toute différente, règle d'une façon inconnue pour nous les actions mécaniques et doit y faire prédo-miner les espèces ailées. Oui, Monsieur, l'Être Roi sur Mars a des 190 ailes.

"Il vole, passe d'un continent à l'autre, se promène, comme un esprit, autour de son univers auquel le lie cependant l'atmosphère qu'il ne peut franchir, bien que...

"Enfin, Monsieur, vous figurez-vous cette planète couverte de plantes, d'arbres et d'animaux dont nous ne pouvons même soupçonner les formes et habitée par de grands êtres ailés comme on nous a dépeint les anges? Moi je les vois voltigeant au-dessus des plaines et des villes dans l'air doré qu'ils ont là-bas. Car on a cru autrefois que l'atmosphère de Mars était rouge comme la nôtre est 200 bleue, mais elle est jaune, Monsieur, d'un beau jaune doré.

"Vous étonnez-vous maintenant que ces créatures-là aient pu creuser des canaux larges de cent kilomètres? Et puis songez seulement à ce que la science a fait chez nous depuis un siècle... depuis un siècle... et dites-vous que les habitants de Mars sont peut-être supérieurs à nous..."

Il se tut brusquement, baissa les yeux, puis murmura d'une voix très basse:

"C'est maintenant que vous allez me prendre pour un fou... quand je vous aurai dit que j'ai failli les voir... moi... l'autre soir. 210 Vous savez, ou vous ne savez pas, que nous sommes dans la saison des étoiles filantes. Dans la nuit du 18 au 19 surtout, on en voit tous les ans d'innombrables quantités; il est probable que nous passons à ce moment-là à travers les épaves d'une comète.

"J'étais donc assis sur la Mane-Porte, sur cette énorme jambe de falaise qui fait un pas dans la mer et je regardais cette pluie de petits mondes sur ma tête. Cela est plus amusant et plus joli qu'un feu d'artifice, Monsieur. Tout à coup j'en aperçus un au-dessus de moi, tout près, globe lumineux, transparent entouré d'ailes immenses et palpitantes ou du moins j'ai cru voir des ailes dans les demi- 220 ténèbres de la nuit. Il faisait des crochets comme un oiseau blessé, tournait sur lui-même avec un grand bruit mystérieux, semblait haletant, mourant, perdu. Il passa devant moi. On eût dit un monstrueux ballon de cristal, plein d'êtres affolés, à peine distincts mais agités comme l'équipage d'un navire en détresse qui ne gouverne plus et roule de vague en vague. Et le globe étrange, ayant décrit une courbe immense, alla s'abattre au loin dans la mer, où j'entendis sa chute profonde pareille au bruit d'un coup de canon.

"Tout le monde, d'ailleurs, dans le pays entendit ce choc formidable qu'on prit pour un éclat de tonnerre. Moi seul j'ai vu... j'ai 230 vu... S'ils étaient tombés sur la côte près de moi, nous aurions connu les habitants de Mars. Ne dites pas un mot, Monsieur, songez, songez longtemps et puis racontez cela un jour si vous voulez. Oui, j'ai vu... j'ai vu... le premier navire aérien, le premier navire sidéral lancé dans l'infini par des êtres pensants... à moins que je n'aie assisté simplement à la mort d'une étoile filante capturée par la Terre. Car vous n'ignorez pas, Monsieur, que les planètes chassent les mondes errants de l'espace comme nous poursuivons ici-bas les vagabonds. La Terre qui est légère et faible ne peut arrêter dans leur route que les petits passants de l'immensité." 240

Il s'était levé, exalté, délirant, ouvrant les bras pour figurer la marche des astres.

"Les comètes, Monsieur, qui rôdent sur les frontières de la grande nébuleuse dont nous sommes des condensations, les comètes, oiseaux libres et lumineux, viennent vers le soleil des profondeurs de l'Infini.

"Elles viennent traînant leur queue immense de lumière vers l'astre rayonnant; elles viennent, accélérant si fort leur course éperdue qu'elles ne peuvent joindre celui qui les appelle; après l'avoir seulement frôlé elles sont rejetées à travers l'espace par le vitesse 250 même de leur chute.

"Mais si, au cours de leurs voyages prodigieux, elles ont passé près d'une puissante planète, si elles ont senti, déviées de leur route, son influence irrésistible, elles reviennent alors à ce maître nouveau qui les tient désormais captives. Leur parabole illimitée se transforme en une courbe fermée et c'est ainsi que nous pouvons calculer le retour des comètes périodiques. Jupiter a huit esclaves, Saturne une, Neptune aussi en a une, et sa planète extérieure une également, plus une armée d'étoiles filantes... Alors... Alors... j'ai peut-être vu seulement la Terre arrêter un petit monde errant... 260

"Adieu, Monsieur, ne me répondez rien, réfléchissez, réfléchissez, et racontez tout cela un jour si vous voulez..."

C'est fait. Ce toqué m'ayant paru moins bête qu'un simple rentier.

(*10 octobre 1889*)

QUI SAIT?

I

Mon Dieu! Mon Dieu! Je vais donc écrire enfin ce qui m'est arrivé! Mais le pourrai-je? l'oserai-je? cela est si bizarre, si inexplicable, si incompréhensible, si fou!

Si je n'étais sûr de ce que j'ai vu, sûr qu'il n'y a eu, dans mes raisonnements aucune défaillance, aucune erreur dans mes constatations, pas de lacune dans la suite inflexible de mes observations, je me croirais un simple halluciné, le jouet d'une étrange vision. Après tout, qui sait?

Je suis aujourd'hui dans une maison de santé; mais j'y suis entré volontairement, par prudence, par peur! Un seul être connaît mon histoire. Le médecin d'ici. Je vais l'écrire. Je ne sais trop pourquoi? Pour m'en débarrasser, car je la sens en moi comme un intolérable cauchemar.

La voici:

J'ai toujours été un solitaire, un rêveur, une sorte de philosophe isolé, bienveillant, content de peu, sans aigreur contre les hommes et sans rancune contre le ciel. J'ai vécu seul, sans cesse, par suite d'une sorte de gêne qu'insinue en moi la présence des autres. Comment expliquer cela? Je ne le pourrais. Je ne refuse pas de voir le monde, de causer, de dîner avec des amis, mais lorsque je les sens depuis longtemps près de moi, même les plus familiers, ils me lassent, me fatiguent, m'énervent, et j'éprouve une envie grandissante, harcelante, de les voir partir ou de m'en aller, d'être seul.

Cette envie est plus qu'un besoin, c'est une nécessité irrésistible. Et si la présence des gens avec qui je me trouve continuait, si je devais, non pas écouter, mais entendre longtemps encore leurs conversations, il m'arriverait, sans aucun doute, un accident. Lequel? Ah! qui sait? Peut-être une simple syncope? oui! probablement!

J'aime tant être seul que je ne puis même supporter le voisinage d'autres êtres dormant sous mon toit; je ne puis habiter Paris parce que j'y agonise indéfiniment. Je meurs moralement, et suis aussi supplicié dans mon corps et dans mes nerfs par cette immense foule qui grouille, qui vit autour de moi, même quand elle dort. Ah! le sommeil des autres m'est plus pénible encore que leur parole. Et je ne peux jamais me reposer, quand je sais, quand je sens, derrière un mur, des existences interrompues par ces régulières éclipses de la raison.

Pourquoi suis-je ainsi? Qui sait? La cause en est peut-être fort simple: je me fatigue très vite de tout ce qui ne se passe pas en moi. 40
Et il y a beaucoup de gens dans mon cas.

Nous sommes deux races sur la terre. Ceux qui ont besoin des autres, que les autres distraient, occupent, reposent, et que la solitude harasse, épuise, anéantit, comme l'ascension d'un terrible glacier ou la traversée du désert, et ceux que les autres, au contraire, lassent, ennuient, gênent, courbaturent, tandis que l'isolement les calme, les baigne de repos dans l'indépendance et la fantaisie de leur pensée.

En somme, il y a là un normal phénomène psychique. Les uns sont doués pour vivre en dehors, les autres pour vivre en dedans. 50
Moi, j'ai l'attention extérieure courte et vite épuisée, et, dès qu'elle arrive à ses limites, j'en éprouve, dans tout mon corps et dans toute mon intelligence, un intolérable malaise.

Il en est résulté que je m'attache, que je m'étais attaché beaucoup aux objets inanimés qui prennent, pour moi, une importance d'êtres, et que ma maison est devenue, était devenue, un monde où je vivais d'une vie solitaire et active, au milieu de choses, de meubles, de bibelots familiers, sympathiques à mes yeux comme des visages. Je l'en avais emplie peu à peu, je l'en avais parée, et je me sentais dedans, content, satisfait, bien heureux comme entre les bras d'une 60
femme aimable dont la caresse accoutumée est devenue un calme et doux besoin.

J'avais fait construire cette maison dans un beau jardin qui l'isolait des routes, et à la porte d'une ville où je pouvais trouver, à l'occasion, les ressources de société dont je sentais, par moments, le désir. Tous mes domestiques couchaient dans un bâtiment éloigné, au fond du potager, qu'entourait un grand mur. L'enveloppement obscur des nuits, dans le silence de ma demeure perdue, cachée, noyée sous les feuilles des grands arbres, m'était si reposant et si bon, que j'hésitais chaque soir, pendant plusieurs 70
heures, à me mettre au lit pour le savourer plus longtemps.

Ce jour-là, on avait joué *Sigurd* au théâtre de la ville. C'était la première fois que j'entendais ce beau drame musical et féerique, et j'y avais pris un vif plaisir.

Je revenais à pied, d'un pas allègre, la tête pleine de phrases sonores, et le regard hanté par de jolies visions. Il faisait noir, noir, mais noir au point que je distinguais à peine la grand'route, et que je faillis, plusieurs fois, culbuter dans le fossé. De l'octroi chez moi, il y a un kilomètre environ, peut-être un peu plus, soit vingt minutes de marche lente. Il était une heure du matin, une heure ou une 80 heure et demie; le ciel s'éclaircit un peu devant moi et le croissant parut, le triste croissant du dernier quartier de la lune. Le croissant du premier quartier, celui qui se lève à quatre ou cinq heures du soir, est clair, gai, frotté d'argent, mais celui qui se lève après minuit est rougeâtre, morne, inquiétant; c'est le vrai croissant du Sabbat. Tous les noctambules ont dû faire cette remarque. Le premier, fût-il mince comme un fil, jette une petite lumière joyeuse qui réjouit le cœur, et dessine sur la terre des ombres nettes; le dernier répand à peine une lueur mourante, si terne qu'elle ne fait presque pas d'ombres. 90

J'aperçus au loin la masse sombre de mon jardin, et je ne sais d'où me vint une sorte de malaise à l'idée d'entrer là-dedans. Je ralentis le pas. Il faisait très doux. Le gros tas d'arbres avait l'air d'un tombeau où ma maison était ensevelie.

J'ouvris ma barrière et je pénétrai dans la longue allée de sycomores, qui s'en allait vers le logis, arquée en voûte comme un haut tunnel, traversant des massifs opaques et contournant des gazons où les corbeilles de fleurs plaquaient, sous les ténèbres pâlies, des taches ovales aux nuances indistinctes.

En approchant de la maison, un trouble bizarre me saisit. Je 100 m'arrêtai. On n'entendait rien. Il n'y avait pas dans les feuilles un souffle d'air. "Qu'est-ce que j'ai donc?" pensai-je. Depuis dix ans je rentrais ainsi sans que jamais la moindre inquiétude m'eût effleuré. Je n'avais pas peur. Je n'ai jamais eu peur, la nuit. La vue d'un homme, d'un maraudeur, d'un voleur m'aurait jeté une rage dans le corps, et j'aurais sauté dessus sans hésiter. J'étais armé, d'ailleurs. J'avais mon revolver. Mais je n'y touchai point, car je voulais résister à cette influence de crainte qui germait en moi.

Qu'était-ce? Un pressentiment? Le pressentiment mystérieux qui s'empare des sens des hommes quand ils vont voir de l'inexpli- 110 cable? Peut-être? Qui sait?

A mesure que j'avançais, j'avais dans la peau des tressaillements, et quand je fus devant le mur, aux auvents clos, de ma vaste demeure, je sentis qu'il me faudrait attendre quelques minutes avant d'ouvrir la porte et d'entrer dedans. Alors, je m'assis sur un banc, sous les fenêtres de mon salon. Je restai là, un peu vibrant, la tête appuyée contre la muraille, les yeux ouverts sur l'ombre des feuillages. Pendant ces premiers instants, je ne remarquai rien d'insolite autour de moi. J'avais dans les oreilles quelques ronflements; mais cela m'arrive souvent. Il me semble parfois que j'entends passer des 120 trains, que j'entends sonner des cloches, que j'entends marcher une foule.

Puis bientôt ces ronflements devinrent plus distincts, plus précis, plus reconnaissables. Je m'étais trompé. Ce n'était pas le bourdonnement ordinaire de mes artères qui mettait dans mes oreilles ces rumeurs, mais un bruit très particulier, très confus cependant, qui venait, à n'en point douter, de l'intérieur de ma maison.

Je le distinguais à travers le mur, ce bruit continu, plutôt une agitation qu'un bruit, un remuement vague d'un tas de choses, comme si on eût secoué, déplacé, traîné doucement tous mes 130 meubles.

Oh! je doutai, pendant un temps assez long encore, de la sûreté de mon oreille. Mais l'ayant collée contre un auvent pour mieux percevoir ce trouble étrange de mon logis, je demeurai convaincu, certain, qu'il se passait chez moi quelque chose d'anormal et d'incompréhensible. Je n'avais pas peur, mais j'étais... comment exprimer cela... effaré d'étonnement. Je n'armai pas mon revolver — devinant fort bien que je n'en avais nul besoin. J'attendis.

J'attendis longtemps, ne pouvant me décider à rien, l'esprit 140 lucide, mais follement anxieux. J'attendis, debout, écoutant toujours le bruit qui grandissait, qui prenait, par moments, une intensité violente, qui semblait devenir un grondement d'impatience, de colère, d'émeute mystérieuse.

Puis soudain, honteux de ma lâcheté, je saisis mon trousseau de clefs, je choisis celle qu'il me fallait, je l'enfonçai dans la serrure, je la fis tourner deux fois, et poussant la porte de toute ma force, j'envoyai le battant heurter la cloison.

Le coup sonna comme une détonation de fusil, et voilà qu'à ce bruit d'explosion répondit, du haut en bas de ma demeure, un 150

96

formidable tumulte. Ce fut si subit, si terrible, si assourdissant que je reculai de quelques pas, et que, bien que le sentant toujours inutile, je tirai de sa gaine mon revolver. J'attendis encore, oh! peu de temps. Je distinguais, à présent, un extraordinaire piétinement sur les marches de mon escalier, sur les parquets, sur les tapis, un piétinement, non pas de chaussures, de souliers humains, mais de béquilles, de béquilles de bois et de béquilles de fer qui vibraient comme des cymbales. Et voilà que j'aperçus tout à coup, sur le seuil de ma porte, un fauteuil, mon grand fauteuil de lecture, qui sortait en se dandinant. Il s'en alla par 160 le jardin. D'autres le suivaient, ceux de mon salon, puis les canapés bas et se traînant comme des crocodiles sur leurs courtes pattes, puis toutes mes chaises, avec des bonds de chèvres, et les petits tabourets qui trottaient comme des lapins.

Oh! quelle émotion! Je me glissai dans un massif où je demeurai accroupi, contemplant toujours ce défilé de mes meubles, car ils s'en allaient tous, l'un derrière l'autre, vite ou lentement, selon leur taille et leur poids. Mon piano, mon grand piano à queue, passa avec un galop de cheval emporté et un murmure de musique dans le flanc, les moindres objets glissaient sur le sable comme des four- 170 mis, les brosses, les cristaux, les coupes, où le clair de lune accrochait des phosphorescences de vers luisants. Les étoffes rampaient, s'étalaient en flaques à la façon des pieuvres de la mer. Je vis paraître mon bureau, un rare bibelot du dernier siècle, et qui contenait toutes les lettres que j'ai reçues, toute l'histoire de mon cœur, une vieille histoire dont j'ai tant souffert! Et dedans étaient aussi des photographies.

Soudain, je n'eus plus peur, je m'élançai sur lui et je le saisis comme on saisit un voleur, comme on saisit une femme qui fuit; mais il allait d'une course irrésistible, et malgré mes efforts, et 180 malgré ma colère, je ne pus même ralentir sa marche. Comme je résistais en désespéré à cette force épouvantable, je m'abattis par terre en luttant contre lui. Alors, il me roula, me traîna sur le sable, et déjà les meubles, qui le suivaient, commençaient à marcher sur moi, piétinant mes jambes et les meurtrissant; puis, quand je l'eus lâché, les autres passèrent sur mon corps ainsi qu'une charge de cavalerie sur un soldat démonté.

Fou d'épouvante enfin, je pus me traîner hors de la grande allée et me cacher de nouveau dans les arbres, pour regarder disparaître

les plus infimes objects, les plus petits, les plus modestes, les plus 190
ignorés de moi, qui m'avaient appartenu.

Puis j'entendis, au loin, dans mon logis sonore à présent comme
les maisons vides, un formidable bruit de portes refermées. Elles
claquèrent du haut en bas de la demeure, jusqu'à ce que celle du
vestibule que j'avais ouverte moi-même, insensé, pour ce départ, se
fût close, enfin, la dernière.

Je m'enfuis aussi, courant vers la ville, et je ne repris mon sang-
froid que dans les rues, en rencontrant des gens attardés. J'allai
sonner à la porte d'un hôtel où j'étais connu. J'avais battu, avec mes
mains, mes vêtements, pour en détacher la poussière, et je racontai 200
que j'avais perdu mon trousseau de clefs, qui contenait aussi celle
du potager, où couchaient mes domestiques en une maison isolée,
derrière le mur de clôture qui préservait mes fruits et mes légumes
de la visite des maraudeurs.

Je m'enfonçai jusqu'aux yeux dans le lit qu'on me donna. Mais
je ne pus dormir, et j'attendis le jour en écoutant bondir mon cœur.
J'avais ordonné qu'on prévînt mes gens dès l'aurore, et mon valet
de chambre heurta ma porte à sept heures du matin.

Son visage semblait bouleversé.

"Il est arrivé cette nuit un grand malheur, Monsieur, dit-il. 210
— Quoi donc?

— On a volé tout le mobilier de Monsieur, tout, tout, jusqu'aux
plus petits objets."

Cette nouvelle me fit plaisir. Pourquoi? qui sait? J'étais fort
maître de moi, sûr de dissimuler, de ne rien dire à personne de ce
que j'avais vu, de le cacher, de l'enterrer dans ma conscience comme
un effroyable secret. Je répondis:

"Alors, ce sont les mêmes personnes qui m'ont volé mes clefs. Il
faut prévenir tout de suite la police. Je me lève et je vous y rejoin-
drai dans quelques instants." 220

L'enquête dura cinq mois. On ne découvrit rien, on ne trouva ni
le plus petit de mes bibelots, ni la plus légère trace des voleurs.
Parbleu! Si j'avais dit ce que je savais... Si je l'avais dit... on
m'aurait enfermé, moi, pas les voleurs, mais l'homme qui avait pu
voir une pareille chose.

Oh! je sus me taire. Mais je ne remeublai pas ma maison. C'était
bien inutile. Cela aurait recommencé toujours. Je n'y voulais plus
rentrer. Je n'y rentrai pas. Je ne la revis point.

Je vins à Paris, à l'hôtel, et je consultai des médecins sur mon état nerveux qui m'inquiétait beaucoup depuis cette nuit déplo- 230 rable.

Ils m'engagèrent à voyager. Je suivis leur conseil.

II

Je commençai par une excursion en Italie. Le soleil me fit du bien. Pendant six mois, j'errai de Gênes à Venise, de Venise à Florence, de Florence à Rome, de Rome à Naples. Puis je parcourus la Sicile, terre admirable par sa nature et ses monuments, reliques laissées par les Grecs et les Normands. Je passai en Afrique, je traversai pacifiquement ce grand désert jaune et calme, où errent des chameaux, des gazelles et des Arabes vagabonds, où, dans l'air léger et transparent, ne flotte aucune hantise, pas plus la nuit que le 240 jour.

Je rentrai en France par Marseille, et malgré la gaieté provençale, la lumière diminuée du ciel m'attrista. Je ressentis, en revenant sur le continent, l'étrange impression d'un malade qui se croit guéri et qu'une douleur sourde prévient que le foyer du mal n'est pas éteint.

Puis je revins à Paris. Au bout d'un mois, je m'y ennuyai. C'était à l'automne, et je voulus faire, avant l'hiver, une excursion à travers la Normandie, que je ne connaissais pas.

Je commençai par Rouen, bien entendu, et pendant huit jours, j'errai distrait, ravi, enthousiasmé dans cette ville du moyen âge, 250 dans ce surprenant musée d'extraordinaires monuments gothiques.

Or, un soir, vers quatre heures, comme je m'engageais dans une rue invraisemblable où coule une rivière noire comme de l'encre nommée "Eau de Robec", mon attention, toute fixée sur la physionomie bizarre et antique des maisons, fut détournée tout à coup par la vue d'une série de boutiques de brocanteurs qui se suivaient de porte en porte.

Ah! ils avaient bien choisi leur endroit, ces sordides trafiquants de vieilleries, dans cette fantastique ruelle, au-dessus de ce cours d'eau sinistre, sous ces toits pointus de tuiles et d'ardoises où 260 grinçaient encore les girouettes du passé!

Au fond des noirs magasins, on voyait s'entasser les bahuts sculptés, les faïences de Rouen, de Nevers, de Moustiers, des statues peintes, d'autres en chêne, des Christ, des vierges, des

saints, des ornements d'église, des chasubles, des chapes, même
des vases sacrés et un vieux tabernacle en bois doré d'où Dieu
avait déménagé. Oh! les singulières cavernes en ces hautes maisons, en ces grandes maisons, pleines, des caves aux greniers,
d'objets de toute nature, dont l'existence semblait finie, qui survi-
vaient à leurs naturels possesseurs, à leur siècle, à leur temps, à leurs 270
modes, pour être achetés, comme curiosités, par les nouvelles
générations.

Ma tendresse pour les bibelots se réveillait dans cette cité d'anti-
quaires. J'allais de boutique en boutique, traversant, en deux enjambées, les ponts de quatre planches pourries jetées sur le courant
nauséabond de l'Eau de Robec.

Miséricorde! Quelle secousse! Une de mes plus belles armoires
m'apparut au bord d'une voûte encombrée d'objets et qui semblait
l'entrée des catacombes d'un cimetière de meubles anciens. Je
m'approchai tremblant de tous mes membres, tremblant tellement 280
que je n'osais pas la toucher. J'avançais la main, j'hésitais. C'était
bien elle, pourtant : une armoire Louis XIII unique, reconnaissable
par quiconque avait pu la voir une seule fois. Jetant soudain les
yeux un peu plus loin, vers les profondeurs plus sombres de cette
galerie, j'aperçus trois de mes fauteuils couverts de tapisserie au petit
point, puis, plus loin encore, mes deux tables Henri II, si rares
qu'on venait les voir de Paris.

Songez! songez à l'état de mon âme!

Et j'avançai, perclus, agonisant d'émotion, mais j'avançai, car je
suis brave, j'avançai comme un chevalier des époques ténébreuses 290
pénétrait en un séjour de sortilèges. Je retrouvais, de pas en pas,
tout ce qui m'avait appartenu, mes lustres, mes livres, mes tableaux,
mes étoffes, mes armes, tout, sauf le bureau plein de mes lettres, et
que je n'aperçus point.

J'allais, descendant à des galeries obscures pour remonter ensuite aux étages supérieurs. J'étais seul. J'appelais, on ne répondait
point. J'étais seul; il n'y avait personne en cette maison vaste et
tortueuse comme un labyrinthe.

La nuit vint, et je dus m'asseoir, dans les ténèbres, sur une de
mes chaises, car je ne voulais point m'en aller. De temps en temps 300
je criais: "Holà! holà! quelqu'un!"

J'étais là, certes, depuis plus d'une heure quand j'entendis des
pas, des pas légers, lents, je ne sais où. Je faillis me sauver; mais me

raidissant, j'appelai de nouveau, et, j'aperçus une lueur dans la chambre voisine.

"Qui est là?" dit une voix.

Je répondis:

"Un acheteur."

On répliqua:

"Il est bien tard pour entrer ainsi dans les boutiques." 310

Je repris:

"Je vous attends depuis plus d'une heure.

— Vous pouviez revenir demain.

— Demain, j'aurai quitté Rouen."

Je n'osais point avancer, et il ne venait pas. Je voyais toujours la lueur de sa lumière éclairant une tapisserie où deux anges volaient au-dessus des morts d'un champ de bataille. Elle m'appartenait aussi. Je dis:

"Eh bien! Venez-vous?"

Il répondit: 320

"Je vous attends."

Je me levai et j'allai vers lui.

Au milieu d'une grande pièce était un tout petit homme, tout petit et très gros, gros comme un phénomène, un hideux phénomène.

Il avait une barbe rare, aux poils inégaux, clairsemés et jaunâtres, et pas un cheveu sur la tête! Pas un cheveu? Comme il tenait sa bougie élevée à bout de bras pour m'apercevoir, son crâne m'apparut comme une petite lune dans cette vaste chambre encombrée de vieux meubles. La figure était ridée et bouffie, les yeux imper- 330 ceptibles.

Je marchandai trois chaises qui étaient à moi, et les payai sur-le-champ une grosse somme, en donnant simplement le numéro de mon appartement à l'hôtel. Elles devaient être livrées le lendemain avant neuf heures.

Puis je sortis. Il me reconduisit jusqu'à sa porte avec beaucoup de politesse.

Je me rendis ensuite chez le commissaire central de la police à qui je racontai le vol de mon mobilier et la découverte que je venais de faire. 340

Il demanda séance tenante des renseignements par télégraphe au parquet qui avait instruit l'affaire de ce vol, en me priant d'attendre la réponse. Une heure plus tard, elle lui parvint tout à fait satisfaisante pour moi.

"Je vais faire arrêter cet homme et l'interroger tout de suite, me dit-il, car il pourrait avoir conçu quelque soupçon et faire disparaître ce qui vous appartient. Voulez-vous aller dîner et revenir dans deux heures, je l'aurai ici et je lui ferai subir un nouvel interrogatoire devant vous.

— Très volontiers, Monsieur. Je vous remercie de tout mon 350 cœur."

J'allai dîner à mon hôtel, et je mangeai mieux que je n'aurais cru. J'étais assez content tout de même. On le tenait.

Deux heures plus tard, je retournai chez le fonctionnaire de la police qui m'attendait.

"Eh bien! Monsieur, me dit-il en m'apercevant. On n'a pas trouvé votre homme. Mes agents n'ont pu mettre la main dessus.

— Ah!" Je me sentis défaillir.

"Mais... Vous avez bien trouvé sa maison? demandai-je. 360

— Parfaitement. Elle va même être surveillée et gardée jusqu'à son retour. Quant à lui, disparu.

— Disparu?

— Disparu. Il passe ordinairement ses soirées chez sa voisine, une brocanteuse aussi, une drôle de sorcière, la veuve Bidoin. Elle ne l'a pas vu ce soir et ne peut donner sur lui aucun renseignement. Il faut attendre demain."

Je m'en allai. Ah! que les rues de Rouen me semblèrent sinistres, troublantes, hantées.

Je dormis si mal, avec des cauchemars à chaque bout de sommeil. 370

Comme je ne voulais pas paraître trop inquiet ou pressé, j'attendis dix heures, le lendemain, pour me rendre à la police.

Le marchand n'avait pas reparu. Son magasin demeurait fermé.

Le commissaire me dit:

"J'ai fait toutes les démarches nécessaires. Le parquet est au courant de la chose; nous allons aller ensemble à cette boutique et la faire ouvrir, vous m'indiquerez tout ce qui est à vous."

Un coupé nous emporta. Des agents stationnaient, avec un serrurier, devant la porte de la boutique, qui fut ouverte.

Je n'aperçus, en entrant, ni mon armoire, ni mes fauteuils, ni 380 mes tables, ni rien, rien, de ce qui avait meublé ma maison, mais rien, alors que la veille au soir je ne pouvais faire un pas sans rencontrer un de mes objets.

Le commissaire central, surpris, me regarda d'abord avec méfiance.

"Mon Dieu, Monsieur, lui dis-je, la disparition de ces meubles coïncide étrangement avec celle du marchand."

Il sourit:

"C'est vrai! Vous avez eu tort d'acheter et de payer des bibelots à vous, hier. Cela lui a donné l'éveil."

Je repris:

"Ce qui me paraît incompréhensible, c'est que toutes les places occupées par mes meubles sont maintenant remplies par d'autres.

— Oh! répondit le commissaire, il a eu toute la nuit, et des complices sans doute. Cette maison doit communiquer avec les voisines. Ne craignez rien, Monsieur, je vais m'occuper très activement de cette affaire. Le brigand ne nous échappera pas longtemps puisque nous gardons la tanière."

.   .   .   .

Ah! mon cœur, mon cœur, mon pauvre cœur, comme il battait!

.   .   .   .

Je demeurai quinze jours à Rouen. L'homme ne revint pas. Parbleu! parbleu! Cet homme-là qui est-ce qui aurait pu l'embarrasser ou le surprendre?

Or, le seizième jour, au matin, je reçus de mon jardinier, gardien de ma maison pillée et demeurée vide, l'étrange lettre que voici:

"Monsieur,

"J'ai l'honneur d'informer Monsieur qu'il s'est passé, la nuit dernière, quelque chose que personne ne comprend, et la police pas plus que nous. Tous les meubles sont revenus, tous sans exception, tous, jusqu'aux plus petits objets. La maison est maintenant toute pareille à ce qu'elle était la veille du vol. C'est à en perdre la tête. Cela s'est fait dans la nuit de vendredi à samedi. Les chemins sont défoncés comme si on avait traîné tout de la barrière à la porte. Il en était ainsi le jour de la disparition.

"Nous attendons Monsieur, dont je suis le très humble serviteur

"RAUDIN, PHILIPPE."

Ah! mais non, ah! mais non, ah! mais non. Je n'y retournerai pas!
Je portai la lettre au commissaire de Rouen.
"C'est une restitution très adroite, dit-il. Faisons les morts. Nous
pincerons l'homme un de ces jours."

. . . .

Mais on ne l'a pas pincé. Non. Ils ne l'ont pas pincé, et j'ai 420
peur de lui, maintenant, comme si c'était une bête féroce lâchée
derrière moi.
Introuvable! il est introuvable, ce monstre à crâne de lune! On
ne le prendra jamais. Il ne reviendra point chez lui. Que lui importe
à lui. Il n'y a que moi qui peux le rencontrer, et je ne veux pas.
Je ne veux pas! je ne veux pas! je ne veux pas!
Et s'il revient, s'il rentre dans sa boutique, qui pourra prouver
que mes meubles étaient chez lui? Il n'y a contre lui que mon
témoignage; et je sens bien qu'il devient suspect.
Ah! mais non! cette existence n'était plus possible. Et je ne pou- 430
vais pas garder le secret de ce que j'ai vu. Je ne pouvais pas con-
tinuer à vivre comme tout le monde avec la crainte que des choses
pareilles recommençassent.
Je suis venu trouver le médecin qui dirige cette maison de santé,
et je lui ai tout raconté.
Après m'avoir interrogé longtemps, il m'a dit:
"Consentiriez-vous, Monsieur, à rester quelque temps ici?
— Très volontiers, Monsieur.
— Vous avez de la fortune?
— Oui, Monsieur. 440
— Voulez-vous un pavillon isolé?
— Oui, Monsieur.
— Voudrez-vous recevoir des amis?
— Non, Monsieur, non, personne. L'homme de Rouen pourrait
oser, par vengeance, me poursuivre ici."

. . . .

Et je suis seul, tout seul, depuis trois mois. Je suis tranquille à
peu près. Je n'ai qu'une peur... Si l'antiquaire devenait fou... et si
on l'amenait en cet asile... Les prisons elles-mêmes ne sont pas
sûres.

(6 avril 1890)

NOTES

THE Albin Michel edition of the stories of Maupassant is based on the proof sheets corrected by Maupassant himself, and incorporates his occasionally somewhat curious punctuation. For the text of stories not reproduced in book form during Maupassant's lifetime—these include *L'Homme de Mars* and *Voyage de Santé*—Albin Michel gives the version printed in the newspapers where these stories originally appeared. The present edition follows the Albin Michel edition. However, mis-spellings which may be assumed to be unintentional have been corrected.

In these Notes, words to be found in *Harrap's Shorter French and English Dictionary* have not been included. For this reason there are no Notes for *Menuet* or *Amour*.

UN BANDIT CORSE (*page 28*)

line 6. *tuyaux d'orgue*, 'organ pipes.'
line 9. *un pin-parasol*, 'a parasol pine.'
line 16. *tassée*, 'thick.'
line 18. *cuvette*, 'bowl.'

PIERROT (*page 37*)

line 4. *ces personnes qui parlent avec des cuirs*, 'people who speak incorrectly,' i.e. give themselves away by their speech (*un cuir* is an incorrect liaison in speech).
line 12. *pays de Caux*. That part of Normandy where Maupassant grew up and where he placed the action of many of his tales (the adjective *cauchois* derives from the name).
line 22. *plate-bande*. Spelt *platebande* by Maupassant.
line 30. *quand ce ne serait que pour* . . . , 'if only to . . .'
line 32. *un petit freluquet de quin qui jappe*, 'a little pup of a dog with a yap.' Useful 'Notes sur la Langue des Paysans des Maupassant' are given in Pierre Cogny's *Contes de la Terre*.
line 71. *l'impôt*, 'dog licence.'
line 105. *goujat*, 'farm-hand.'
line 152. *vous vous en feriez mourir!* 'What do you take me for?'
line 154. *et monter tout ça*, 'and set the whole lot up.'
line 156. *fallait pas l' jeter*, '(You) shouldn't have thrown him in.'

A CHEVAL (*page* 42)

line 9. *on vivotait en gardant les apparences,* 'they rubbed along keeping up appearances.'

line 28. *déchoir,* 'to go down in the world' (cf. *ange déchu,* 'fallen angel').

line 41. *il faut nous offrir quelque chose,* 'we must give ourselves a treat.'

line 42. *une partie de plaisir,* 'an outing.'

line 47. *au manège,* 'at the riding school.'

line 57. *C'est papa à dada,* 'This is daddy on his gee-gee.'

line 68. *Il n'en faut pas plus pour* . . . , 'That's all that's needed to . . .'

line 94. *à l'anglaise,* 'in the English manner.'

line 117. *C'est un rude trotteur,* 'He certainly can trot.'

line 134. *se voyant du champ,* 'seeing he had an opening.'

line 158. *conduire un cheval,* 'to handle a horse.'

line 186. *C'est comme un feu que j'aurais dans les estomacs,* 'It's like as if I had a fire in my stomach.'

line 204. *Je me sens quasiment anéantie. N'y a pas de mieux,* 'I feel practically exhausted. There's no improvement.'

line 210. *J'en ai pour jusqu'à la fin de mes jours,* 'It'll be with me to the end of my days.'

line 233. *Et Madame Simon?* 'What news of Madame Simon?'

EN MER (*page* 49)

line 2. *A Henry Céard.* Céard (1851–1924), was, like Maupassant, a civil servant. Collaborated in *Les Soirées de Médan* to which he contributed *La Saignée.* Author of two novels, *Une Belle Journée* and *Terrains à vendre au bord de la Mer.*

line 6. *éprouvée,* 'tried.'

line 11. *fusil porte-amarre,* 'life-saving gun' (firing a rescue cable to ships in distress).

line 21. *Solide à ne craindre aucun temps* . . . , 'Stout enough to raise no fears in any weather . . .'

line 35. *à son bord,* 'on board his boat.'

line 51. *le patron,* 'the skipper.'

line 69. *qui tenait à son avoir,* 'who valued what was his.'

line 86. *Foutu,* 'Done for.'   *line* 98. *le mal noir,* i.e. gangrene.

line 103. *Et puis, il préférait le grand air,* 'And anyway, he.preferred the fresh air.'

line 120. *Faudrait de l'iau salée là-dessus,* '(You) ought to put salt water on it.'

line 125. *drait = droit.*   *line* 130. *Fallait ça,* 'I had to do it.'

line 142. *Il va pas moins pourrir,* 'It's going to go rotten for all that.'

line 145. *J'pourrions t'y point l'mettre dans la saumure,* 'Couldn't we put it in brine for you?'

NOTES

line 150. *Pourvu que je l'vendions point à la criée*, 'Let's hope we don't sell it at the auction.'

line 177. *Mais il était regardant à son bien*, 'But he was particular about his property.'

LE GUEUX (*page* 54)

line 11. *la veille du jour des morts* (= *la Toussaint*) i.e. November 1st.

line 14. *histoire de rire*, 'just for a joke.'

line 20. *sols* = *sous*, 'coppers.'

line 36. *autes* = *autres*.

line 48. *rasé comme un lièvre au gîte*, 'pressed close to the ground like a hare sitting.'

line 70. *manant*, 'scoundrel.'

line 72. *tuteurs*, 'props.'

line 86. *se calant*, 'steadying himself.'

line 97. *vieille pratique*, 'old rogue.'

line 166. *C'est quéque voleux!* = *C'est quelque voleur*.

LA MÉRE SAUVAGE (*page* 59)

line 52. *C'est affaire aux hommes, cela!* '*That*'s men's business.'

line 72. *bons enfants*, 'good-natured.'

line 86. *vingt-troisième de marche*, '23rd of Foot.'

line 103. *En v'là quatre qu' ont trouvé leur gîte*, 'There's four who've found a nice little corner.'

line 106. *le piéton*, 'the country-postman.'

line 110. *un boulet, qui l'a censément coupé en deux parts*, 'a cannon ball, that more or less cut him in two.'

TOINE (*page* 66)

line 3. *Brûlot*, 'burnt brandy' (brandy burnt with sugar).

line 39. *rigoler*, 'to have a bit of fun.'

line 41. *blaguer*, 'to kid.'

line 43. *à tous les coups*, 'every time.'

line 44, *rien que de le regarder boire*, 'just to watch him drink.'

line 48. *régalade*, 'treat' (cf. *se régaler*, 'to do oneself well').

line 50. *Pourquoi que tu ne bé point la mé, pé Toine?* = *Pourquoi ne bois-tu pas la mer, père Toine?*

line 52. *Y a deux choses qui m'opposent*, 'There's two things that stop me.'

line 52. *primo qu'a l'est salée* = *primo (parce) qu'elle est salée*.

line 58. *sa bourgeoise*, 'his missis.'

line 64. *la haute* = *les hautes classes*.

line 65. *une pensionnaire* ('boarder') *de la mé Toine*, i.e. one of Mère Toine's chickens.

line 71. *sapas*, 'glutton.'

line 74. *quétou,* 'pig.'

line 75. *C'est que d' la graisse que ça en fait mal au cœur,* 'He's nothing but fat and it makes you sick.'

line 77. *Espère, espère un brin; j' verrons c' qu' arrivera, j'verrons ben!* = *Attends, attends un peu; nous verrons ce qui arrivera, nous verrons bien!*

line 82. *Tâche pour voir,* 'Just have a go.'

line 84. *v'là.* Maupassant omitted the apostrophe in its second occurrence in this line.

line 121. *le faigniant* = *le fainéant.*

line 122. *soulot,* 'boozer.'

line 122. *C'est du propre,* 'This is a fine thing.'

line 132. *C'est-il que tu regalopes, gros lapin?* In popular speech *il* is often used to reinforce the interrogative. The correct form would be *Est-ce que tu regalopes, donc, gros lapin?* Cf. line 262, *ça va-t-il?* = *ça va donc?*

line 139. *de n' pu goûter d' ma fine* = *de ne plus goûter de ma fine.*

line 140. *L'reste, j' m'en gargarise,* 'The rest tickles me to death.'

line 141. *me fait deuil,* 'puts me out.'

line 144. *Guétez-le,* 'Just look at him.'

line 168. *ce gros suiffeux,* 'this big fat lump.'

line 199. *Qué que tu veux?* = *Qu'est-ce que tu veux?*

line 203. *graine,* 'eggs.'

line 255. *anuit* = (here) *depuis la nuit,* i.e. *aujourd'hui.*

line 264. *j'ai maujeure tant que . . . ,* 'I'm so stiff that . . .'

line 265. *fremis* = *fourmis.*

line 267. *Y avait trois œufs de mauvais,* 'There were three addled eggs.'

line 274. *Faut croire!* 'Looks like it!'

VOYAGE DE SANTÉ (*page* 80)

(This story appeared in the *Supplément du dimanche du Petit Journal,* April 18th, 1886. It was not reprinted until 1956, in the first volume of *Contes et Nouvelles,* the complete edition of Maupassant's stories by A.-M. Schmidt and Gérard Delaisement. I am indebted to the publishers, Albin Michel, for authorizing its reproduction in the present edition.)

line 20, *C'en est fait de vous,* 'It's all up with you.'

line 29. *Raspail.* François-Vincent Raspail (1794-1878), politician and chemist. From 1843 he was interested in medicine. He attributed to parasites the causes of disease, and claimed that camphor was the best defence against them.

line 32. *il était un peu revenu de sa confiance,* 'he'd lost his confidence rather' (literally: 'he'd got over it.' Cf. *Je n'en reviens pas,* 'I can't get over it').

line 41. *éprouvé,* 'stricken.'

line 75. le Conty des stations d'hiver. The *Guides pratiques Conty* were guide books produced by Alexis-Henri aux Cousteaux de Conty (1829–1896).

line 136. l'ai-je dépisté? 'didn't I catch him out?'

line 137. je t'en fiche, 'nothing of the sort.'

line 170. macchabée, 'stiff.'

line 174. dans le pays, 'in the area.'

line 179. visitant les coins obscurs, 'examining the dark corners.'

L'HOMME DE MARS *(page 86)*

(This story appeared in the *Supplément littéraire de la Lanterne*, October 10th, 1889. It was not reprinted until 1957, in the second volume of *Contes et Nouvelles*, the complete edition of Maupassant's stories by A.-M. Schmidt and Gérard Delaisement. I am indebted to the publishers, Albin Michel, for authorizing its reproduction in the present edition.)

line 35. Je retourne à mes moutons, 'I'll get back to the point.'

line 133. Helmotz. Hermann Ludwig Ferdinand von Helmholtz (1821–1894), German philosopher and man of science. His investigations occupied almost the whole field of science from physiology to mechanics.

line 133. Schiaparelli. Giovanni Virginio Schiaparelli (1835–1910). From 1862 he was director of the Observatory at Brera, Milan. He made extensive studies of Mercury, Venus and Mars. In 1877 he observed on Mars the peculiar markings which he called *canali*, the nature and origins of which are still controversial.

line 225. un navire en détresse qui ne gouverne plus, '. . . which no longer answers to the helm.'

QUI SAIT? *(page 93)*

line 77. grand'route. Spelt *grande route* by Maupassant.

line 85. Sabbat, 'Witches' Sabbath.'

line 100. un trouble bizarre, 'a strange agitation.'

line 103. auvent, 'ventilator grille.' Such grilles, set in the walls of houses, are sometimes louvred. Hence they could be open or, as in this case, closed.

line 324. un phénomène, 'a freak.' Cf. *Toine, line 297.*

line 353. On le tenait, 'We had him.'

line 365. une drôle de sorcière, 'a funny sort of a witch.'

line 375. Le parquet est au courant de la chose, 'The public prosecutor's office has been informed of the affair.'

line 410. C'est à en perdre la tête, 'It's enough to make you take leave of your senses.'

line 418. Faisons les morts, 'Let's lie low.'

line 434. maison de santé, 'mental hospital.'

line 448. asile, 'asylum.'

CHRONOLOGY OF THE LIFE OF MAUPASSANT

1850   August 5th, birth of Guy de Maupassant, at the Château de Miromesnil, near Dieppe.

1856   Birth of his brother, Hervé. Shortly afterwards their parents separated. Madame de Maupassant and the children went to live at Étretat.

1863   Maupassant entered the Seminary at Yvetot, only to transfer to the Collège Impérial at Rouen in 1868.

1870–71 Service during Franco-Prussian war.

1872   Entered Ministère de la Marine.

1875   Publication of first story, *La Main d'Écorché*, in *L'Almanach de Pont-à-Mousson*, under the pseudonym Joseph Prunier.

1876   *Une Répétition*, 'comédie en un acte en vers'.

1877   *La Trahison de la Comtesse de Rhune*, 'drame historique en vers' (not published until 1927).

1879   *Histoire du Vieux Temps*, 'comédie en vers'. Thanks to Flaubert, Maupassant was able to transfer to the Ministère de l'Instruction Publique.

1880   *Boule de Suif*, published in *Les Soirées de Médan* (April 16th); *Des Vers* (April 25th). Death of Flaubert (May). Maupassant resigned from ministry. Visit to Corsica during summer.

1881   *La Maison Tellier*. Visit to Algeria during summer.

1882   *Mademoiselle Fifi*. Visit to Brittany during summer.

1883   *Contes de la Bécasse*. First novel: *Une Vie* (April).

1884   First travel book: *Au Soleil* (January); *Clair de Lune, Les Sœurs Rondoli, Miss Harriet*.

1885   *Yvette, Contes du Jour et de la Nuit, Toine*. Second novel: *Bel Ami* (May). Visit to Italy and Sicily in spring.

1886   *Monsieur Parent, La Petite Roque*. Short visit to England.

1887   Third novel: *Mont-Oriol* (January); *Le Horla*.

1888   Fourth novel: *Pierre et Jean* (January); *Sur l'Eau*, 'journal de voyage'; *Le Rosier de Madame Husson*. Visit to Tunisia during winter, 1888–1889.

1889   *La Main gauche*. Fifth novel: *Fort comme la Mort* (May). Visit to Italy. Hervé de Maupassant committed to an asylum, crying to Guy, 'C'est toi, le fou de la famille!'

1890 *L'Inutile Beauté, La Vie errante,* 'récit de voyage'. Sixth novel: *Notre Cœur* (June).

1891 *Musotte,* 'drame en 3 actes' (in collaboration with Jacques Normand).

1892 Maupassant attempted suicide on January 1st. On January 6th he entered Dr Blanche's nursing home at Passy.

1893 *La Paix de Ménage,* 'comédie en 2 actes'.

1893 July 6th, death of Maupassant.

Posthumous Publications

1899 *Le Père Milon.*

1900 *Le Colporteur.*

1901 *Les Dimanches d'un Bourgeois de Paris.*

1912 *Misti.*

1927 *La Trahison de la Comtesse de Rhune,* 'drame historique en vers' (published by Pierre Borel in *Le Destin tragique de Guy de Maupassant,* Paris, Éditions de France, 1927).

SELECTIVE BIBLIOGRAPHY

The best available edition of the stories of Maupassant is that published in two volumes by Éditions Albin Michel in 1956–57, under the title *Contes et Nouvelles.* The text in these volumes incorporates all the corrections and amendments made by Maupassant himself.

The following are standard works:

NEVEUX, POL. 'Guy de Maupassant, étude', in *Boule de Suif,* vol. 1 of *Œuvres complètes de Guy de Maupassant,* Conard, 1907–1910.

MAYNIAL, ÉDOUARD. *La Vie et l'Œuvre de Guy de Maupassant,* Paris, Mercure de France, 1906.

DUMESNIL, RENÉ. *Guy de Maupassant,* Paris, Tallandier, 1947.

Since 1948 the following have appeared:

ARTINIAN, ARTINE. *Pour et Contre Maupassant,* Paris, Nizet, 1956.

BOREL, PIERRE. *Le vrai Maupassant,* Geneva, Cailler, 1951.

CASTEX, PIERRE-G. *Le Conte fantastique en France de Nodier à Maupassant,* Paris, Corti, 1951.

COGNY, PIERRE. 'Maupassant, Écrivain de son Destin', in *Les Écrivains célèbres: Guy de Maupassant*, Paris, Éditions d'Art Lucien Mazenod, 1957; *Guy de Maupassant: Contes de la Terre*, Rome, Signorelli, 1958.

DELAISEMENT, GÉRARD. *Maupassant Journaliste et Chroniqueur*, Paris, Albin Michel, 1956.

HAINSWORTH, G. 'Pattern and Symbol in the Work of Maupassant', in *French Studies*, 1951.

IGNOTUS, PAUL. *The Paradox of Maupassant*, London, University of London Press, 1967; New York, Funk & Wagnalls, 1968.

JANSSEN, C. LUPLAU. *Le Décor chez Maupassant*, Copenhagen, Munksgaard, 1960.

LANOUX, ARMAND. *Maupassant le Bel-Ami*, Paris, Fayard, 1967.

LEMOINE, FERNAND. *Maupassant*, Paris, Éditions Universitaires, 1957. 'Pays et Paysans cauchois peints par Maupassant', in *Revue de Psychologie des Peuples*, 1951.

MATTHEWS, J. H. 'Maupassant, écrivain naturaliste', in *Les Cahiers naturalistes*, N°· 16, 1960; 'Oblique Narration in Maupassant's Pierrot', in *Modern Languages*, 1961; 'Theme and Structure in Maupassant's Short Stories', in *Modern Languages*, 1962.

O'FAOLAIN, SEAN. 'Guy de Maupassant or the Relentless Realist', in *The Short Story*, London, Collins, 1948.

SULLIVAN, E. D. *Maupassant the Novelist*, Princeton, New Jersey, 1954; *Maupassant: The Short Stories*, London, Edward Arnold, 1962; 'Maupassant and the Motif of the Mask,' in *Symposium*, 1956.

STEEGMULLER, FRANCIS. *Maupassant*, London, Collins, 1950.

THORAVAL, JEAN. *L'Art de Maupassant d'après ses variantes*, Paris, Imprimerie Nationale, 1950.

TOGEBY, KNUD. *L'Œuvre de Maupassant*, Copenhagen/Paris, Danish Science Press/Presses Universitaires, 1954.

TURNELL, MARTIN. 'Maupassant', in *The Art of French Fiction*, London, Hamish Hamilton, 1959.

VARLOOT, JEAN. 'Maupassant vivant', in *La Pensée*, November–December 1954.

VIAL, ANDRÉ. *Guy de Maupassant et l'Art du Roman*, Paris, Nizet, 1954.

WEST, JR., RAY B. & STALLMAN, ROBERT WOOSTER. 'Guy de Maupassant: *La Mère Sauvage*, Point of View and Particularised Symbols', in *The Art of Modern Fiction*, New York, Rinehart, 1949.